CUCHARA
Y MEMORIA

BENITO TAIBO

CUCHARA Y MEMORIA

2

Planeta

Diseño de portada: Planeta Arte & Diseño / Ericka Miranda Vega

Bajo el sello editorial PLANETA M.R.
Avenida Presidente Masarik núm. 111,
Piso 2, Polanco V Sección, Miguel Hidalgo
C.P. 11560, Ciudad de México
www.planetadelibros.com.mx

Primera edición en formato epub: septiembre de 2025
ISBN: 978-607-39-3490-9

Primera edición impresa en México: septiembre de 2025
ISBN: 978-607-39-3450-3

Impreso en los talleres de Litográfica Ingramex, S.A. de C.V.
Centeno núm. 162-1, colonia Granjas Esmeralda, Ciudad de México
Impreso y hecho en México - *Printed and made in Mexico*

La comida es la respuesta, no importa cuál sea la pregunta.

Anónimo

No se puede pensar bien, amar bien o dormir bien, sí no se ha cenado bien.

Virginia Woolf

Para todos mis amigos, esos que nos hemos jurado amor eterno frente a un plato, un vino, una larga sobremesa.

Y para las y los cocineros que me han sorprendido y dejado en la memoria su sazón, su espíritu y su generosidad.

Y para Mely, como siempre.

Aperitivo

Aquí sigo, hurgando tercamente en mi memoria —y en la memoria colectiva— para volver a sentir en la boca todas esas comidas y esos ingredientes que me han llenado de gozo, de sorpresa, de nostalgia, de solidaridad, de amor.

Tal vez los mejores recuerdos de mi vida están íntimamente ligados a una comida, a un sabor o a un olor que han hecho, sin duda, más indeleble esa memoria.

Comer es, pues, ese acto vital, multicultural, inteligente, divertido, lleno de aprendizajes constantes y, a veces, de decepciones extraordinarias. En este camino me he llevado enormes alegrías y algunas memorables pifias. Este es el segundo tomo del lío en el que me metí al decidir escribir esta memoria-ensayo sobre mis experiencias. Y cuando hablo de lío, me refiero a haber intentado hacer una especie de índice alfabético, según yo, para tenerlo mejor organizado, pero voy dándome cuenta ahora de todas aquellas cosas que olvidé en el camino o que no aparecieron por mi afán abarcador que pudo propiciar lo contrario.

Así que, primero, pido disculpas por las omisiones involuntarias. Esto no es un diccionario, pero sí es mi muy personal manera de recordar, guiado por la apetencia y sin academia alguna, esas que tantas veces me han decepcionado.

Hasta ahora puedo decir, sin temor a equivocarme, que me he divertido mucho, pero lo importante es que se diviertan ustedes y que, en el trayecto, aprendamos juntos. No es un libro de cocina, insisto, sino de comida; no es un libro de recetas, sino de platos; no es un libro para especialistas, sino para curiosos como yo mismo. Seguramente me he equivocado en muchas cosas, pero, como en ciertos deportes, aquí lo que vale es la «apreciación» y el gusto personal. Cada uno de ustedes tendrá sus platos preferidos y su manera singular de «agarrar el taco», y no hay descalificación posible al respecto ni jueces que se atrevan a increpar al que come lo que se le venga en gana y a su muy particular estilo.

La máxima que me ha traído hasta aquí es: «Como y recuerdo, recuerdo y como». Es un mantra que me guía y me anima a seguir contando historias como las que leerán a continuación.

¡Buen provecho!

Literatura y langostas

Literatura

La historia de la literatura está íntimamente ligada a la historia de la comida. Si un personaje literario no come, pierde su esencia humana e incluso su credibilidad ante los ojos del lector; a menos, claro, que sea un fantasma, como el padre de Hamlet, que tanto perturba al protagonista de la genial obra de Shakespeare. Hasta los monstruos comen, incluso ávidamente, como es el caso del inmortal conde Drácula, que busca siempre un cuello suculento para saciar su ancestral hambre de sangre.

Hay comida en todos los textos incipientes de la historia: la Biblia, el Talmud, el *Mahabhárata*, el Corán; son forjadores de religiones e incluso guías para saber qué comer y qué no. Incluyendo, claro está, los versos de la *Ilíada* y la *Odisea*.

Adán y Eva son expulsados del Paraíso por comer el fruto prohibido del árbol del conocimiento del bien y del mal. Las interpretaciones iconográficas de ese momento transgresor —que los hizo (y, por ende, a todos nosotros) humanos— representan el fruto en forma de manzana; pero muchos sostienen que fue un higo, pues, en las imágenes, ambos personajes suelen cubrir pudorosamente sus partes nobles con una hoja de higuera (la del manzano no daba para tanto). La Biblia no especifica cuál era el fruto, ni menciona los demás que había en el jardín del Edén. Tal vez —y es una idea mía—, hartos de comer siempre lo mismo, se aventuraron a probar, pese a las terribles advertencias, algo nuevo. La curiosidad es la materia prima de la que estamos hechos y se basa en el impulso y en la aplicación del raciocinio.

Si, por ejemplo, a mí me prohibieran —so pena de ser expulsado de cualquier paraíso— comer un buen jamón de Jabugo, sin duda sería un paria sobre la Tierra, con mi pata de cerdo al hombro, silbando alegremente por el desierto. Paria pero feliz. La Biblia dice que los animales que no tienen pezuñas hendidas y que no rumian se consideran impuros (léase: cerdo). Y lo siento por los muy ortodoxos.

Tal vez la comida y bebida más sagrada sea la que se ofreció en la última cena, donde Jesucristo compartió a los discípulos su carne y su sangre en forma de pan y vino, un ritual que se conserva hasta nuestros días en la liturgia católica.

Donde hay literatura, siempre habrá comida. Y ambas son igual de disfrutables.

Sigo con la Biblia. Encuentro en Romanos 14:3 el siguiente texto: «El que come de todo no debe menospreciar al que no come ciertas cosas, y el que no come de todo no debe condenar al que lo hace, pues Dios lo ha aceptado». Es claro, pues, que más de una mano escribió este texto fundacional y que, en ocasiones, se contradice. Me quedo con este versículo que habla de una tolerancia que muchos han perdido por el camino.

Hay numerosas menciones de alimentos, como el aceite de oliva, la levadura, el pan, la leche, la miel y la sal. Y todos tienen un significado espiritual en el que no ahondaré para no meterme en más líos.

El Corán menciona la miel, la leche, los dátiles, las uvas, las aceitunas y el ajo como parte de las bendiciones de Alá, así como los camellos, las vacas y las ovejas. Y, de nuevo, el cerdo es proscrito categóricamente. Hoy se sabe que la carne de cerdo es más saludable que muchas otras y que son animales limpios.

Incluso en este libro y algunos hadices (dichos y acciones atribuidos al profeta Mahoma) se establecen normas para comer y beber, y yo, con gusto, las transcribo:

- Lavarse las manos antes y después de comer.
- Comer con la mano derecha.
- Beber con calma, en sorbos y sin apresurarse.
- No criticar la comida que se recibe.
- Distinguir entre alimentos y bebidas permitidos (*halal*) y prohibidos (*haram*), conforme a lo establecido en el Corán.
- Durante el mes de Ramadán, abstenerse de comer, beber y tener relaciones sexuales.

Pero todo texto sagrado admite interpretaciones; así que, durante ese mes sagrado llamado Ramadán —nombre de un mes lunar del calendario islámico que proviene de la raíz árabe *ar-ramad*, que significa «calor abrasador»—, los musulmanes ayunan desde el alba hasta el ocaso, siendo esta una de las prácticas que conforman los cinco pilares del islam. Así que el ayuno va del amanecer al ocaso; no quise averiguar más acerca del sexo.

El caso es que la comida aparece en casi todos los textos referenciales de las religiones más importantes del mundo entero; finalmente, como humanos, pecamos al comer, pero también celebramos con la comida a nuestros dioses.

Pero la historia es más larga: en tablillas de arcilla mesopotámicas de hace aproximadamente mil setecientos años antes de nuestra era, se encuentran minuciosas descripciones de alimentos e incluso detalladas recetas. Y no dudo que, en cuevas paleolíticas, bellamente dibujados sobre las paredes, aparezcan alimentos en forma de animales que nos hicieron ser quienes somos. Los animales dibujaban el entorno, cierto, pero eran también la despensa.

Existe un manuscrito romano llamado *Apicius*, en honor a su supuesto recopilador, Marco Gavio Apicio, un célebre gastrónomo romano del siglo I de nuestra era, aunque el texto tal como lo conservamos fue probablemente compilado y redactado varios siglos después, entre los siglos IV y V. Reúne más de quinientas recetas mediterráneas, lo que lo vuelve el libro de cocina más antiguo de Occidente.

Pero que nadie se llame a engaño: el manuscrito más antiguo que poseemos es una copia medieval, escrita en el siglo IX en el monasterio de Fulda, Alemania. Es muy probable que esta copia derive de versiones anteriores, ya perdidas en la noche de los tiempos, pero que contiene una enorme variedad de recetas y técnicas que reflejan la pluralidad y enorme diversidad de la gastronomía mediterránea. Y yo estoy convencido de que aquellos sombríos monjes medievales alemanes no tenían el tipo de conocimientos necesarios para inventar tales recetas. Sin duda, copiaron un original que lamentablemente ya no existe.

El *Apicius*, llamado también *De re coquinaria* (*Acerca de la cocina*), se conserva a buen resguardo en la Colección de Cocina Margaret Barclay Wilson de la Academia de Medicina de Nueva York, y existe otra copia en la Biblioteca Vaticana.

Rescato tan solo una receta de ese antiguo y sabio libro, para beneplácito de todos:

Melón y sandías a la pimienta (*pepones et melones*)
Para 6 personas
1 melón
1/2 sandía
2 pellizcos de pimienta recién molida
1 cdta. de polco
1 cdta. de miel
1 cda. sopera de vino pajizo (vino blanco semidulce)

Modo de preparar
Machacar el poleo.
Cortar el melón y la sandía en dados.
Mezclar el melón y la sandía con la miel, la pimienta, el vino y el poleo.
Servir muy fresco.

Elemental y delicioso; lo he probado y puedo dar fe de ello.

Tal vez los libros de recetas sean los más socorridos en el mundo entero; y en cada casa que se precie del sabor de su comida, sin duda habrá un recetario personal o familiar que da cuenta de esos platillos que, traspasando la barrera del tiempo, permanecen como una herencia indeleble y única de su propia y muy particular identidad: nuestra huella dactilar del sabor.

Pero sigo con la literatura, que es lo que corresponde a este capítulo.

Alrededor del siglo VIII antes de nuestra era fueron escritos dos textos fundamentales de la literatura universal: la *Ilíada* y la *Odisea*, atribuidos al viejo poeta ciego y griego (sin eufemismos) Homero. Hoy se sabe que muchos versos fueron cambiando y aumentando con el paso del tiempo: algunos por los llamados rapsodas, que iban de pueblo en pueblo cantando y narrando estas gestas heroicas —y poniendo de su particular cosecha—, y otros por escribas que los fueron poniendo por escrito, aprovechando la magnífica tradición oral. Las primeras ediciones de la *Ilíada* y la *Odisea* aparecieron en Florencia en 1488. Desde entonces, han circulado múltiples traducciones y adaptaciones que las han hecho llegar hasta nosotros.

A decir de Homero, los griegos de su tiempo comían trigo y cebada, molidos en harina para elaborar pan, tortas y gachas; lentejas, garbanzos y habas; buey, cordero, cabra, jabalíes, venados y liebres, y para mi beneplácito, también cerdo como se menciona en la *Ilíada*. Por supuesto, pescado, cebollas, ajos, coles, aceitunas y mucho vino y aceite de oliva. También leche de cabra y de oveja.

Pero no se mencionan muchos platillos como tales, aunque en el canto XIV de la *Ilíada* dice literalmente:

> Se levantó el ligero Aquiles y degolló una cándida oveja. Sus compañeros la desollaron y aliñaron con cuidado. La trincharon sabiamente y la ensartaron con brochetas; la asaron cuidadosamente y retiraron todo del fuego. Automedonte cogió el pan y lo distribuyó por la mesa en bellas canastillas, y Aquiles distribuyó las tajadas de carne.

Así que podemos decir que las «brochetas» que todos conocemos en sus distintas variedades provienen, por lo menos en el terreno literario, de manos de Aquiles.

La filosofía no se escapa de las veleidades gastronómicas (al fin y al cabo, tan humanas) y es Platón (Atenas, 427-347 antes de nuestra era) quien escribe un texto curioso y conmovedor donde la mesa es solo un pretexto para hablar de muchas cosas, pero sobre todo del amor y las relaciones: *El banquete*.

En una cena ofrecida a Sócrates, Fedro, el médico Erixímaco, el poeta Aristófanes y otros, invitados por Agatón, quien ha sido premiado por su primera tragedia, se acuerda de beber con moderación desde el inicio (supongo que para evitar nublar las disquisiciones) y Eriximaco dice categórico: «Mi experiencia de médico me ha hecho ver perfectamente que el exceso de vino es funesto para el hombre».

El caso es que se habla muy poco de comida en ese banquete y mucho de esas sensaciones que nos hacen ser quienes somos. Una pena, porque nos perdemos lo que se comió entre esos genios, aunque podemos encontrar verdaderas joyas de pensamiento como esta frase que aún resuena en mis oídos: «El amor es más antiguo que los dioses y, de todos ellos, el que más beneficios concede a los hombres. Abolengo, honores, riquezas, nada puede inspirar al hombre como el amor, lo que es necesario para llevar a cabo una vida honorable».

El amor, pues, es el alimento esencial del espíritu y da honorabilidad, incluso si no hay pan en la mesa.

La profesora María José García Soler, de la Universidad del País Vasco, tiene un texto fascinante que se llama *La gastronomía como recurso cómico en la literatura griega* de 2009, del cual copio algunos fragmentos:

> Es en la comedia sin embargo donde la presencia del elemento gastronómico alcanza una mayor entidad. Ello se debe en buena medida a que es un género que toma una parte importante de su material de todo aquello que compone la vida cotidiana, incluyendo la comida y la bebida. Las dos son mencionadas con relativa frecuencia con la finalidad de hacer reír, ya desde la Comedia Antigua, aunque alcanzarán un mayor relieve en la Media. En las obras y los fragmentos conservados no faltan los chistes sobre alimentos comunes —como el puré de lentejas o los higos—, y de lujo —como los pescados más delicados—, ni tampoco las escenas en las que algún personaje describe sus problemas cuando va al mercado o las descripciones de banquetes pantagruélicos con menús interminables. Desde sus primeras apariciones nos movemos muchas veces en el límite entre lo real y lo deseado, entre lo que el público en general tenía a su disposición y aquello que quedaba solo al alcance de unos pocos afortunados.

Es, pues, la comida un personaje más, de suma relevancia en esos textos. García Soler cuenta cómo, por ejemplo, Heracles —el mítico héroe— no solo es valiente y atrevido, sino también un glotón de siete suelas; en una de las comedias de Píndaro, por ejemplo, se detalla cómo es capaz de comerse de un tirón dos bueyes asados.

En otra parte del ensayo, se refiere a Epicarmo, quien en su obra titulada *Sirenas* no solo cuenta cómo las criaturas mitad mujer y mitad pez intentan, con sus cantos, atraer a Ulises hacia el abismo marino, sino que lo tientan con una lista de delicias que lo hacen sufrir como un desesperado y le presentan ensoñaciones que parecen muy reales:

> Temprano, justo después del alba, asamos a la brasa pescaditos rechonchos y tostada carne de lechoncito y pulpos, y bebimos con ellos un vino bien dulce. ¡Ay, ay, desgraciado! Tres veces a la vez bien se diría que me invita. ¡Ay de mis males! Y junto a eso, un grueso salmonete y dos bonitos cortados por la mitad, ¡y había tantas palomas torcaces y cabrachos!

Son en esas espectaculares comedias donde aparece por primera vez un personaje muy importante: el cocinero. A decir de García Soler:

> Como personaje cómico interviene en muchas escenas preparando comidas para bodas y banquetes, perfectamente caracterizado como un charlatán, un embaucador dotado de un lenguaje sentencioso, bajo el que se esconde el propósito de llevarse todo lo que pueda de la casa donde va a cocinar. A través de su palabrería intenta convencer a sus interlocutores de sus grandes habilidades culinarias, insistiendo en su esmerada preparación, que incluye saberes tan dispares como la astrología para determinar la mejor época para cada alimento, la psicología para decidir qué se debe servir a cada tipo de persona o la estrategia para saber en qué orden presentar los platos.

Demos un salto en el tiempo y vayamos hasta el siglo XIV, donde encontramos el *Llibre de Sent Soví* (que en catalán significa: *Libro de san Salvio*), un prontuario medieval anónimo que nos habla de las recetas de la cocina mediterránea, sobre todo de la practicada en los territorios catalanes de la Corona de Aragón y de aquella ofrecida en las cocinas de la clase más pudiente, que, por supuesto, tenía acceso al manuscrito.

En él, se pueden encontrar cosas tan espectaculares como una salsa de *paguo* —o *paguó*— con tocino sofrito, cebolla, carne de conejo, gallina, leche de almendra, un picadillo de hígados fritos con más almendras, hierbas aromáticas, miel y azúcar, entre otros ingredientes; una empanada de *peix* (pescado); una coca de sardina sobre un bollo coronado con cebollas asadas; o un *menjar blanc*, que suele traducirse como «manjar blanco», y que no es más que un postre elaborado con almendras dulces y amargas, almidón, azúcar, un poco de aceite de almendra y pechuga de pollo que, en la actualidad, no se incorpora allá donde todavía se hace de la manera tradicional.

Hay muchos recetarios y mucha literatura alrededor de todo aquello que satisface nuestra hambre y hace gozar a nuestros sentidos, y no podemos menos que celebrar que hayan logrado superar el temible paso del tiempo.

En *La Celestina*, de Fernando de Rojas, escrita entre 1499 y 1502 (y que marca el final de la Edad Media), se habla, en su noveno acto, de un banquete que se ofrece en casa de la Celestina y donde uno de los personajes, Pármeno, reflexiona sobre la comida:

> La necesidad y pobreza, el hambre, que no hay mejor maestra en el mundo, no hay mejor despertadora y avivadora de ingenios. ¿Quién mostró a las picazas y papagayos imitar nuestra propia habla con sus arpadas lenguas, nuestro órgano y voz, sino esta?

En 1532 se publica en París, firmado por Alcofribas Nasier —anagrama de François Rabelais—, un texto alucinante y sorprendente: *Pantagruel* (luego vendría *Gargantúa*), donde se habla de un gigante con un apetito tan voraz que, con el paso del tiempo, se ha convertido en sinónimo del exceso absoluto. ¿O nunca han estado en un banquete «pantagruélico»? Yo sí, muchas veces.

Pantagruel es un ser gigantesco que en mucho podría asemejarse a un ogro de cuentos infantiles, pero que, por el contrario, es un gigante glotón y bondadoso, siempre hambriento.

Estoy convencido de que esa hambre de la que hablamos es, sin duda, avivadora de ingenios, como puede verse claramente en el *Lazarillo de Tormes*, obra española anónima de 1554, donde el pícaro Lázaro, un niño de extracción muy humilde, se convierte en «guía» de un ciego (y de ahí viene la palabra «lazarillo» para identificar a quienes desempeñaban ese curioso oficio, hoy casi en desuso). El caso es que el ingenio de ese pequeño se ha convertido en sinónimo de vivacidad y supervivencia. Dice Miguel Ángel Almodóvar, autor del libro *El hambre en España*, que *El Lazarillo de Tormes* constituye un repertorio biográfico del hambre.

Es *El Lazarillo de Tormes* un recuento sistemático y cruel de las argucias que el pobre Lázaro tiene que inventar constantemente para poder llevarse algo (poco) al estómago mientras sirve a diversos personajes.

Está escrito en forma de carta dirigida a «Vuestra merced», de la que no se sabe nada más en el texto, y en ella se narran todas sus aventuras, y sobre todo desventuras, para sobrevivir. Por ejemplo, cuenta su relación con el pordiosero ciego:

> Él traía el pan y todas las otras cosas en un fardel de lienzo, que por la boca se cerraba con una argolla de hierro y su candado y su llave, y al meter todas las cosas y sacarlas, era con tan gran vigilancia y tanto por contadero, que no bastara hombre en todo el mundo hacerle menos una migaja. Mas yo tomaba aquella laceria [miseria] que él me daba, la cual en menos de dos bocados era despachada. Después que cerraba el candado y se descuidaba, pensando que yo estaba entendiendo en otras cosas, por un poco de costura, que muchas veces de un lado del fardel descosía y tornaba a coser, sangraba el avariento fardel, sacando no por tasa pan, más buenos pedazos, torreznos y longaniza. Y así, buscaba conveniente tiempo para rehacer, no la chaza, sino la endiablada falta que el mal ciego me faltaba. Todo lo que podía sisar y hurtar traía en medias blancas [monedas de poco valor], y cuando le mandaban rezar y le daban blancas, como él carecía de vista, no había el que se la daba amagado con ella, cuando yo la tenía lanzada en la boca y la media aparejada, que por presto que él echaba la mano, ya iba de mi cambio aniquilada en la mitad del justo precio.

Es el *Lazarillo* quien, de alguna manera, inaugura el género de la novela picaresca, y se refiere todo el tiempo a esa comida que le escatiman y sin la cual no habría posibilidad de sobrevivir.

Santiago Juanes, en una entrada del 23 de septiembre de 2013 que publicó en su blog llamado *El Tumbaollas*, sostiene lo siguiente a propósito de la gastronomía de *El Lazarillo de Tormes*:

> En este marco de hambrunas nació un género literario, la picaresca, marcado sobre todo por la lucha de sus protagonistas

contra los elementos para sobrevivir. Hijos de ese género, quizás del propio *Lazarillo* o hermanos, son la *Vida y obras del pícaro Guzmán de Alfarache*, de Mateo Alemán; *La vida del escudero Marcos de Obregón*, de Vicente Espinel; *La Historia de la vida del buscón llamado don Pablos*, de Francisco de Quevedo; también podrían incluirse algunas *Novelas ejemplares* de Miguel de Cervantes, como *Rinconete y Cortadillo* o *La Pícara Justina*.

Hay una obra de teatro breve muy curiosa, de Pedro Calderón de la Barca, titulada *Mojiganga de los guisados*, donde los personajes son, entre otros, una cocinera, un galopín, el estofado, la albondiguilla, la olla, el carnero verde, la pepitoria y la ensalada.

En algún momento, habla la olla:

> Ya hablo:
> ya sabéis, que no quisiera
> con antiguallas cansaros,
> como yo soy doña Olla
> Carnero y Vaca Caldo,
> apellidos conocidos
> entre escudillas y platos.
> Mi sangre, si la ignoráis,
> podréis sacar por el rastro,
> que dudo haya otra que tenga
> abolorio tan probado.
> Mi dote es grande: el tocino,
> el repollo, los garbanzos,
> la berenjena, el cardillo,
> las cebollas y los ajos.

Y titulando mi casa
soy, porque Dios me lo ha dado,
la Marquesa de las Berzas
y Condesa de los Nabos.
Diréisme que soy podrida
y vive el Cielo que es falso,
porque yo solo me pudro
cuando hay muchos convidados.
Y así, vengo a que borréis
de los libros el adagio
que dice que cada día
si hubiese olla, amarga el caldo.

El texto entero es alucinante y muy divertido, y refleja de manera clara la alimentación de la época y sus posibilidades.

Francisco de Quevedo, el gran jefe del Siglo de Oro, mete en sus sonetos, aquí y allá, diversos alimentos, pero es tal vez en la novela picaresca *Historia de la vida del Buscón, llamado don Pablos,* donde un hidalgo venido a menos trata, por todos los medios y casi siempre por la vía de la comida, de mantener su condición de prohombre, aunque ello fuera totalmente falso, como puede verse en este pasaje:

> Mi amigo iba pisando tieso y mirándose a los pies, sacó unas migajas de pan, que traía para el efecto siempre en una cajuela, y derramóselas por la barba y el vestido, de suerte que parecía haber comido. Yo iba tosiendo y escarbando por disimular mi flaqueza, limpiándome los bigotes, arrebozado y la capa sobre el hombro izquierdo [...]. Todos los que me veían me juzgaban por comido; si fuera de piojos no erraran.

Por su lado, en alguna de sus *Novelas ejemplares*, que no se inscriben en el terreno de la llamada picaresca, Miguel de Cervantes también nos habla, desde el pasado, de esos tiempos de hambruna. En *Rinconete y Cortadillo* puede leerse sobre un curioso y poco habitual festín para catorce personas (algo absolutamente impensable para la época):

> ...se sentaron todos alrededor de la estera con grande regocijo, y la Gananciosa tendió la sábana por manteles sobre ella, y lo primero que sacó de la canasta fue un grande haz de rábanos y luego una cazuela llena de coles, y tajadas de bacallao frito; luego sacó medio queso de Flandes; con una olla de azeytunas gordales, y un plato de camarones, con seis pimientos, y doce limas verdes, y hasta dos docenas de cangrejos, y quatro hogazas de Gandul, blancas y tiernas, todo lo cual se puso de manifiesto.

Tal vez solo podría suceder algo así en el territorio de la ficción, en una España hambrienta y desesperanzada.

Una muestra de ingenio frente a la escasez está presente en *La pícara Justina*, publicada en 1605 y atribuida a Francisco López de Úbeda, donde el dueño de una posada cuenta graciosamente cómo funciona su cocina: «...si viene a vuestra casa un gato muerto, honradle, y decir que es liebre; al gallo llamadle capón; al grajo, palomino; a la carpa, lancurdia; a la lancurdia, trucha».

En pocas palabras, es esa frase que ha llegado hasta nosotros y que es sinónimo de engaño: «dar gato por liebre».

En un texto titulado *La cocina del Siglo de Oro, esplendores artísticos y patéticas hambrunas*, firmado por Almodóvar, se da cuenta de un par de escritos sobre cocina:

Otro recetario señero, entre el Renacimiento y el Barroco, es el *Arte de cocina, pastelería, bizcochería y conservería*, del que fue autor Francisco Martínez Montiño, responsable de la cocina de Palacio durante los reinados de Felipe II, Felipe III y Felipe IV, y que vio la luz en 1611. Siguen en importancia, el *Libro del arte de cocina*, publicado en 1607 por Domingo Hernández de Maceras, cocinero del Colegio Mayor de Oviedo de la Universidad de Salamanca, que se presenta como una pieza rara y originalísima debido a que no es un formulario destinado a nobles o cortesanos de alto rango, sino que va dirigido al cotidiano sustento de los alumnos del paraninfo, cuya situación económica distaba mucho de ser boyante.

En 1605 —y me perdonarán los saltos en el tiempo— se publica *El ingenioso hidalgo Don Quijote de la Mancha*, de Miguel de Cervantes, ese libro fundamental para el idioma español, donde la comida, todo el tiempo, juega un papel principalísimo. Ya en su primer párrafo se lee: «Una olla de algo más vaca que carnero, salpicón las más noches, duelos y quebrantos los sábados, lentejas los viernes, algún palomino de añadidura los domingos, consumían las tres partes de su hacienda».

Comida, pues, esencial comida. «Duelos y quebrantos» es un plato de la cocina manchega cuyos ingredientes principales son huevo revuelto, chorizo y tocino de cerdo. La vaca era menos cara que el carnero y el salpicón se hacía con restos de carne, generalmente de un cocido, al que se le añadía tomate, cebolla, pimiento y huevo cocido. El palomino era un ave pequeña.

En otro momento de la obra, Sancho Panza, fiel aliado y escudero, mira un potaje que se cocina a fuego lento y exclama: «Dos manos de ternera que parecen uñas de vaca están cocidas con sus garbanzos, cebollas y tocinos, y a la hora de ahora están diciendo cómeme, cómeme».

Alguien se dio a la tarea de contar las veces que aparecen comidas en el texto de Cervantes y el resultado es singular: «El pan aparece 65 veces, la cebolla unas 10, el tocino nueve, los huevos ocho, las aceitunas en un par de momentos (en uno de ellos dice que "secas y sin adobo alguno"), el queso figura en 19 referencias y el requesón en nueve». Y por supuesto el vino es una parte importantísima de la dieta y se menciona en cuarenta y cuatro ocasiones.

En *Las bodas de Camacho* ocurre un festín que el narrador describe con detalle a través de los ojos de Sancho, para beneplácito de todos nosotros:

> Lo primero que se le ofreció a la vista de Sancho fue, espetado en un asador de un olmo entero, un entero novillo; y en el fuego donde se había de asar ardía un mediano monte de leña, y seis ollas que alrededor de la hoguera estaban no se habían hecho en la común turquesa de las demás ollas, porque eran seis medias tinajas, que cada una cabía un rastro de carne: así embebían y encerraban en sí carneros enteros, sin echarse de ver, como si fueran palominos; las liebres ya sin pellejo y las gallinas sin pluma que estaban colgadas por los árboles para sepultarlas en las ollas no tenían número; los pájaros y caza de diversos géneros eran infinitos, colgados de los árboles para que el aire los enfriase.
>
> Contó Sancho más de sesenta zaques de más de a dos arrobas cada uno, y todos llenos, según después pareció, de generosos vinos; así había rimeros de pan blanquísimo como los suele haber de montones de trigo en las eras; los quesos, puestos como ladrillos enrejados, formaban una muralla, y dos calderas de

aceite mayores que las de un tinte servían de freír cosas de masa, que con dos valientes palas las sacaban fritas y las zabullían en otra caldera de preparada miel que allí junto estaba.

Los cocineros y cocineras pasaban de cincuenta, todos limpios, todos diligentes y todos contentos. En el dilatado vientre del novillo estaban doce tiernos y pequeños lechones que, cosidos por encima, servían de darle sabor y enternecerle. Las especias de diversas suertes no parecía haberlas comprado por libras, sino por arrobas, y todas estaban de manifiesto en una grande arca. Finalmente, el aparato de la boda era rústico, pero tan abundante, que podía sustentar a un ejército.

Luis Marcet, gran cocinero y escritor, con un ingenio enorme y una pluma envenenada, tenía una columna en un diario mexicano sobre comida, por supuesto, y la firmaba como «Gastrofilus». Pero, sobre todo, fue siempre un gran amigo de sus amigos —por ejemplo, mis padres— y dueño de uno de los mejores restaurantes españoles de la Ciudad de México: el Mesón del Cid, en el número 61 de la calle de Humboldt, fundado en 1972 y que ahí sigue conservando la tradición. Luis, lamentablemente, ya no está con nosotros.

Ahí se podía (y se puede todavía) comer el lechón al estilo de Cándido (gran cocinero segoviano y nombrado con todos los honores como Mesonero Mayor de Castilla desde el lejano 1949). Es un lechón tan tierno que se corta con el canto de un plato, que luego se tira al suelo.

Todo esto viene a cuento porque yo fui muchas veces al Mesón y estuve presente —y sobre todo comí— durante aquellas «cenas medievales» que se hacían los sábados. En un gran asador, mucho más grande que una chimenea, podía verse girar, espetado, un pequeño novillo, relleno de lechones, que a su vez estaban rellenos de pichones, y estos últimos, de piñones.

¡Las bodas de Camacho!

No, mejor que las bodas de Camacho. Ahí comimos hasta el hartazgo, bebimos vino en porrón hasta la saciedad y celebramos la vida por todo lo alto. Todos los años, para la comida de Navidad, Luis mandaba uno de sus maravillosos lechones para la familia, siempre acompañado por un plato.

La Concejalía de Turismo del Ayuntamiento de Alcalá de Henares publicó en su página la receta de un plato señero y festivo: el llamado «guiso de las bodas de Camacho», que aparece en un momento muy importante de la novela y cuya receta ahora mismo transcribo, por si alguien quiere prepararla para honrar la memoria de don Miguel:

Guiso de las bodas de Camacho

1 pollo
1 cebolla
Harina y pan rallado
Huevo batido
Jamón picado muy fino
Vino blanco
Perejil y almendras
Pan frito
Azafrán
Pimienta
Nuez moscada

Modo de preparar

Cortar el pollo en pequeños trozos, luego se reboza en huevo, harina y pan rallado para que quede crujiente una vez frito. Aparte, sofreír a fuego lento la cebolla añadiéndole agua ligeramente azucarada para caramelizarla. A continuación, se añade el pollo, bien regado con vino blanco manchego.

En un mortero se machacan las almendras, el pan frito, el azafrán, la pimienta y la nuez moscada. Ligar la salsa con harina diluida en un poco de vino, removiendo rítmicamente para evitar grumos y lograr la consistencia justa, ni clara ni espesa; se añade el contenido del mortero y el jamón picado muy fino. Se deja hervir a fuego lento por dos horas.

Aunque no encontré el famoso pollo en el cuerpo del texto cervantino, sirva pues como homenaje y para ir entrenando las papilas gustativas.

Ahora mismo entro sigilosamente en la muy bella y muy barroca cocina donde la mujer, vestida con hábitos, trasiega frente a una enorme olla que palpita sobre un brasero encendido.

Hay sobre la mesada donde se trabaja, ristras de ajos, cazuelas de cobre bruñido, atados de laurel, chorizos puestos al fresco, cecina y otras muchas maravillas. Está adornada la cocina con azulejos y platos de talavera, de la poblana y la española, que iluminan el lugar.

Ella menea con una pala de barro eso que en la olla se va haciendo lenta y amorosamente; mete un dedo en el guiso y lo prueba. Luego se queda unos instantes quieta y, de un pote de barro que hay a su derecha, saca una pizca de comino dejándolo caer, como debe caer la lluvia de primavera: lenta y parsimoniosamente.

En la pared hay un crucifijo y la imagen de un santo pequeño y gordito que pareciera estar a punto de echarse a volar. Sé quién es: el patrón de las cocinas, san Pascual Baylón.

La mujer musita unas palabras que yo, inmediatamente, adivino. Es la oración que escribió don Alfonso Reyes muchos siglos después, pero que la magia de este túnel del tiempo en el que me he metido sin ser invitado me permite repetir y que ahora comparto con gusto:

Baile en mi fogón
San Pascual Baylón
oiga mi oración
mi santo patrón.

Se está encomendando para que salga bien el guiso: rico, pero con la sobriedad conventual que debe privar en esa cocina. No puede haber exceso en los sentidos, pero sí la maravilla de la reunión de sabores que el encuentro de dos mundos ha propiciado.

La mujer se llama Juana de Asbaje, pero todos la conocen como sor Juana Inés de la Cruz. El año podría muy bien ser 1625.

Me acerco sigiloso y paso a su lado sin que ella me vea; yo todavía no he nacido, pero mi nariz palpita con los efluvios que salen de su marmita. Está preparando un maravilloso manchamanteles, uno de los platos épicos de la cocina novohispana. Me atrevo a meter yo también un dedo en el guiso y luego en mi boca, sin que me vea.

Esta mujer cocina tan bien como escribe. Doy fe.

Experta en sonetos y recetas, sor Juana revoluciona nuestro mundo con sus magníficas palabras y sus guisos sabios.

Decía Salvador Novo, y cito: «En las cocinas de los conventos y los palacios se gestará lenta, dulcemente —como en las alcobas el otro— el mestizaje que cristalizaría la opulenta singularidad de la cocina mexicana».

Y me sumo a su dicho. La cocina conventual mexicana es un prodigio que ha pasado la prueba del tiempo y que llega hasta nosotros con su espléndida fragancia y rotundez; no olvidemos que en esos fogones se gestaron platos que nos enaltecen y que nos identifican en el mundo entero, como el mole poblano o los chiles en nogada. ¡Poca cosa!

¿Cómo entender que en los conventos surgieran maravillas tan carnales que incitan a la gula (pecado capital) y al desenfreno? Recurro a mi sabio padre, Paco Ignacio Taibo I, que en uno de sus libros sobre el mole dice textualmente: «Mundo místico, mágico y sensual donde se da un amor perfectamente casto y al mismo tiempo de una carnalidad sin límites en esa experiencia de los sabores que alcanzaban mediante una complicidad secreta y sutil».

Alejadas de los placeres mundanos, las monjas barrocas llegaban al límite permitido del placer, por medio de sus guisos.

Hay un libro que amo: *Sor Juana en la cocina*, de mi amiga Mónica Lavín y de mi amiga también, Ana Benítez Muro, una escritora la primera y una investigadora gastronómica la segunda, que nos deleitan con su texto editado por Planeta en el año 2000.

Es un inteligente y sabroso recorrido por nuestro mestizaje gastronómico y, particularmente, por su devoción a sor Juana, a sus escritos y a sus platillos exuberantes.

Va, con su permiso, un bello fragmento de su obra:

Eran tiempos de la Colonia, el mestizaje del país se cocinaba en todos los ámbitos: el lenguaje, los edificios, la traza urbana, los rituales religiosos, la descendencia. Convivían españoles, criollos, mestizos, indígenas y esclavos negros. Pero donde el mestizaje se practicaba cotidianamente era en el fogón, allí donde los productos del Viejo Continente y los de América forzosamente convergían en el afán de recrear algún platillo a semejanza de las tradiciones españolas, o con la inventiva que los sabores, los colores y el legado prehispánico de esa latitud más tropical proveían. Comer era asunto de todos los días, así que en el fogón de las familias acomodadas y en el de los conventos, donde las mujeres españolas, criollas, negras e indígenas concurrían, nació la cocina mexicana, mestiza por definición, pródiga e imaginativa por geografía y desesperación. En la convergencia de esas dos cocinas: la indígena, con sus sabores distintivos y su variedad de ingredientes, y la española, que gracias al reciente invento de Gutenberg se apoyaba en el famoso *Libro de guisados, manjares y potajes del cocinero real Ruperto de Nola*, nació la cocina mexicana, adicionada con costumbres y paladares originarios de África. Dice Curiel y Monteagudo que la cocina mestiza representa una forma de ser; surge barroca, viva y por sí misma elocuente.

Del convento de San Jerónimo, donde vivía, escribía, rezaba y guisaba sor Juana, mis amigas recuperan un texto de Artemio del Valle Arizpe, del cual comparto un fragmento:

> Sus dulces son una pura maravilla, la cima y el emporio del convento; sus alfajores de tradición morisca, sus melindres y sus amieles, sus yemitas acarameladas entre picados papelillos de

diferente color, semejan extrañas flores, sus huevitos de faltriquera, sus alfeñiques, sus leves aleluyas y sus canelones de acitrón…

Y sigue y sigue el goloso don Artemio haciendo un recuento de joyas sin fin que dan lustre y realce a las muy afamadas cocineras jerónimas.

Dicen Mónica y Ana:

En 1669 mediante la ceremonia del velo en el Convento de San Jerónimo, Juana de Asbaje se convirtió en Sor Juana Inés de la Cruz […]. Pasó en ese convento más de la mitad de su vida. Durante ese tiempo, la amistad con la virreina María Luisa Manrique, marquesa de la Laguna y condesa de Paredes, le fue entrañable y sustancial para la publicación de sus obras en España. Famosa por su inteligencia, conocimiento y talento, a su vera se congregaban los intelectuales del reino, obispos y frailes. Pero como religiosa del convento de San Jerónimo, cumplió con distintas funciones: administradora, tesorera… Y al parecer, por el recetario publicado en 1979, también estuvo encargada de conservar la memoria gastronómica del Convento de San Jerónimo. Como manual para la educación de las jóvenes y las novicias que allí vivían, como testimonio de un saber propagado de boca en boca, el recetario da cuenta de las especialidades del convento donde la monja jerónima creó fama, envidias, y una gran biblioteca de la que tuvo que desprenderse al final de su vida, y entre cuyos muros murió.

Gracias Mónica y Ana.

De sor Juana son muy conocidos sus versos de *Primero sueño*, pero mucho menos estos que ella elaboró bellamente y que tienen que ver con las recetas que fue recopilando a lo largo de su vida:

> Lisonjeando, oh hermana, a mi amor propio
> me conceptúo formar esta escritura
> del Libro de Cocina ¡y qué locura!
> concluirla y luego vi lo mal que copio.
> De nada sirve el cuidado propio
> para que salga llena de hermosura,
> pues por falta de ingenio y de cultura,
> un rasgo no he hecho que no salga impropio.
> Así ha sido, hermana, ¿pero qué senda
> podrá tomar el que con tal servicio
> su grande voluntad quiso se entienda?
> ¿Qué ha de hacer? Suplicaros que, propicia,
> apartando los ojos de la ofrenda,
> su deseo recibáis en sacrificio.

Sor Juana escribe, guisa y mira al mundo con ojos de asombro y lo recrea desde la mística conventual y su apasionado amor por las palabras.

No puedo dejarla sin dar una de sus recetas, mientras ella me mira con ojos de desconfianza desde su cocina, sabiendo que develaré un secreto bien guardado y que yo no debería meter mi nariz ni en su cocina ni en sus textos.

Va, pues, el gigote de gallina a la manera de sor Juana.

Vas a necesitar muchas cosas:

Gigote de gallina

1 gallina (desplumada)

3 jitomates sin piel y sin semillas, partidos en cuartos
2 cebollas rebanadas
1/2 cdta. de clavo de olor
1/2 cdta. de canela
1/2 cdta. de pimienta
1/4 de cdta. de cominos
1/2 cdta. de semilla de cilantro
6 dientes de ajo
3 ramas de perejil (solo las hojas, nos advierte)
1 g de azafrán
300 g de jamón
1/2 taza de vinagre de frutas
2 chorizos (150 g)
1/2 taza de pasas
1/2 taza de aceitunas sin hueso
1/2 taza de almendras
3 chiles cuaresmeños en vinagre
1/4 de taza de alcaparras
Manteca de cerdo a discreción

Modo de preparar

Dice sor Juana:

Pon una cazuela untada con manteca y luego una capa de gallina y otra de jitomate, cebolla, clavo, pimienta, cominos, cilantro, ajo en pedacitos, perejil en lonjitas y azafrán, así continuarás y al último lonjas de jamón y vinagre, y puesto a cocer entre dos fuegos [uno alto y otro bajo].

Después de que esté cocido su caldo necesario, chorizones, pasas, almendras, aceitunas, chiles y alcaparras.

Un despliegue de imaginación y mestizaje, digo yo.

Fechada en marzo de 1691 y titulada como *Respuesta a Sor Filotea de la Cruz*, sor Juana escribe una larga carta contestando todas las recriminaciones que le hace el obispo de Puebla, Manuel Fernández de Santa Cruz (un mal bicho), que la acusa de ejercitar su talento en temas profanos en lugar de darse a la literatura devocional. Y Sor Juana le pega un par de bofetadas metafóricas y defiende su labor intelectual, mientras reclama el derecho que tiene la mujer a la educación.

Y cuela un par de párrafos maravillosos, escritos desde la cocina, pero, sobre todo, desde la brillante inteligencia de la que hacía gala:

> Pues ¿qué os pudiera contar, señora, de los secretos naturales que he descubierto estando guisando? Veo que un huevo se une y fríe en la manteca o aceite y, por contrario, se despedaza en el almíbar; ver que para que el azúcar se conserve fluida basta echarle una muy mínima parte de agua en que haya estado membrillo u otra fruta agria; ver que la yema y clara de un mismo huevo son tan contrarias, que, en los unos, que sirven para el azúcar, sirve cada una de por sí y juntos no.

Sentarse a la mesa con sor Juana es sentarse con lo mejor de nuestras tradiciones y nuestra identidad. Sentarse con el pasado para vislumbrar el futuro. Y ella, desde el otro lado de la mesa, me sigue mirando con total desconfianza, y con justa razón.

La gastronomía de la época está muy presente en la literatura del Siglo de Oro. Los autores de obras de teatro, comedias, entremeses y novelas picarescas o de costumbres, como Miguel de Cervantes, Luis de Góngora, Tirso de Molina, Pedro Calderón de la Barca, Francisco de Quevedo y, por supuesto, Lope de Vega, hacían en sus escritos continuas referencias a las comidas, los vinos, las frutas o los dulces. Los oficios relacionados con la cocina también dieron mucho juego a estos autores.

La gastronomía en la literatura del Siglo de Oro no era tan solo la somera descripción de platos o banquetes, sino más bien un crudo reflejo de la sociedad de su tiempo y un perfecto reflejo de las costumbres y la vida cotidiana.

Lope de Vega, bien llamado el «Fénix de los ingenios», utiliza la comida en muchas de sus comedias; las escenas donde aparecen banquetes y cocinas son numerosas y escenario de enredos y malentendidos. El comer y la comida actúan como un símbolo de amor, deseo y conflicto, y a menudo sirven para que los personajes logren sus objetivos o resuelvan sus dilemas.

El enorme Francisco de Quevedo, por el cual —ustedes disculparan— tengo una enorme debilidad, habló mucho de comida en sus sonetos y obras varias, pero hay un texto en particular titulado *Boda y acompañamiento del campo*, donde cuenta, con enorme gracia, la unión de dos vegetales. Y, sin dar mayores explicaciones, aquí lo trascribo para que ustedes lo disfruten tanto como yo:

Don Repollo, y Doña Berza,
de una sangre y de una casta,
si no caballeros pardos,
verdes fidalgos de España,
casáronse, y a la boda
de personas tan honradas,

que sustentan ellos solos
a lo mejor de Vizcaya;
de los solares del campo
vino la nobleza y gala,
que no todos los solares
han de ser de la montaña.
Vana, y hermosa, a la fiesta
vino Doña Calabaza,
que su merced no pudiera
ser hermosa, sin ser vana.
La Lechuga, que se viste
muy de verde y con fanfarria,
presumida, sin ser fea,
de frescona y de bizarra.
La Cebolla a lo viudo,
vino con sus tocas blancas,
y sus entresuelos verdes,
que sin verdura no hay canas.
Para ser dama muy dulce
vino la Lima gallarda
al principio, que no es bueno
ningún postre de las damas.
La Naranja a lo ministro,
llegó muy tiesa y cerrada,
con su apariencia muy lisa,
y su condición muy agria.
A lo rico y lo tramposo
en su erizo la Castaña,
que la han de sacar la hacienda
todos por punta de lanza.

La Granada deshonesta
a lo moza cortesana,
desembozo en la hermosura,
descaramiento en la gracia.
Doña Mostaza menuda,
muy briosa y atusada,
que toda chica persona
es gente de gran mostaza.
A lo alindado la Guinda,
muy agria cuando muchacha,
pero ya entrada en edad
más tratable, dulce y blanda.
La Cereza a lo hermosura,
recién venida muy cara,
pero con el tiempo todos
se le atreven por barata.
Doña Alcachofa, compuesta
a imitación de las flacas,
basquiñas, y más basquiñas,
carne poca, y muchas faldas.
Don Melón, que es el retrato
de todos los que se casan:
Dios te la depare buena,
que la vista al justo engaña.
La Berenjena mostrando
su calavera morada,
porque no llegó en el tiempo
del socorro de las calvas.
Don Cohombro desvaído,
largo de verde esperanza,

muy puesto en ser gentil-hombre,
siendo cargado de espaldas.
Don Pepino, muy picado
de amor de Doña Ensalada,
gran compadre de doctores,
pensando en unas tercianas.
Don Durazno a lo envidioso,
mostrando agradable cara,
descubriendo con el trato
malas y duras entrañas.
Persona de muy buen gusto
Don Limón, de quien espanta
lo sazonado, y panzudo,
que no hay discreto con panza.
De blanco, morado y verde,
corta crin, y cola larga,
Don Rábano, pareciendo
moro de juego de cañas.
Todo fanfarrones bríos,
todo picantes bravatas,
llegó el señor Don Pimiento,
vestidito de botarga.
Don Nabo, que viento en popa
navega con tal bonanza,
que viene a mandar el mundo,
de gorrón de Salamanca.
Mas baste, por si el lector
objeciones desenvaina,
que no hay boda sin malicias,
ni desposados sin tachas.

Temo que este capítulo pueda convertirse en un libro entero, así que iré abreviando un poco.

Y daré un salto, esta vez hacia atrás, para hablar del gran bardo inglés, William Shakespeare. Encontré una página en internet cuyo nombre se traduce como «bardología» (https://www.bardology.org), que se consagra a la obra del poeta y dramaturgo. En ella busco acerca de la comida en su obra y encuentro este singular texto sin firma:

> Dado el papel central que juega la comida en nuestras vidas, es sorprendente lo periférica que es en las obras de Shakespeare. Es un axioma decir que no podemos vivir sin comida, pero las obras de Shakespeare parecen arreglárselas bastante bien sin ella. Estoy exagerando si afirmo que la comida no surge en absoluto —hay muchas referencias a ella, aunque hay muy poco consumo real—, pero su significado es a menudo incidental o simbólico: el banquete que Macbeth organiza para Banquo en el tercer acto es solo un ejemplo, un festín del que, según la evidencia del texto, la comida está ausente.

Y, sin embargo, hay historias curiosas en los textos. En el banquete que se sirve a los náufragos sobrevivientes en *La tempestad*, cuando están a punto de sentarse a disfrutar las viandas, la comida desaparece mágicamente, aunque nunca se dice qué tipo de comida es.

Queda claro, pues, que Shakespeare, prolífico como lo era, estaba más preocupado por lo que llevaría a su propia mesa que por lo que daría a sus múltiples y fascinantes personajes (supongo yo que muy hambrientos todos).

Y es tal vez la escasez de comida y no su abundancia la que

genera grandes páginas literarias, que simplemente reflejan un mundo injusto y terrible. *Los miserables* de Victor Hugo es tal vez el mejor de los ejemplos del caso. Jean Valjean, el personaje principal, es sentenciado a prisión por robar pan para alimentar a su familia. El resto es la implacable persecución del inspector Javert hacia él, en medio de hambrunas y sublevaciones. Una obra maestra.

Y si hablamos de escasez, no podemos olvidar el espectacular *Oliver Twist* de Charles Dickens, la historia de ese jovencito que pasa múltiples penurias y que sobrevive comiendo *porridge* (gachas de avena). En el hospicio donde nace recibe «cada día tres raciones de gachas muy aguadas, más una cebolla dos veces por semana y medio panecillo los domingos». Y confieso que, desde que era un niño y leí a Dickens, no soporto la avena en ninguna de sus presentaciones.

En la espectacular *Moby Dick* de Hermann Melville, la gran novela estadounidense, a decir de muchos, llena de acción y aventuras, pero también de meticulosas y en ocasiones densas descripciones sobre partes de barcos, mareas y artilugios, se habla, por supuesto, de la «galleta de mar» o «bizcocho de mar», esos duros panecillos que se endurecen mediante un doble horneado y que se caracterizan por durar mucho tiempo, ideales para largas travesías. Dice Melville: «En las largas vigilias nocturnas, suele ocurrir que los marineros sumergen sus galletitas de mar en aceite y las dejan allí un poco para que se confíen».

Pero Melville, didáctico como era, cuenta un par de comidas de las que se daban en el mítico Pequod y que, la verdad, no se me antoja en lo absoluto probar algún día, yo que le entro a casi todo:

> Las marsopas están consideradas como plato exquisito desde el punto de vista gastronómico. La carne se prepara en bolas del tamaño de las de billar, y si se sazonan bien con especias pueden ser tomadas por albóndigas de tórtola o cordero [...]. En el caso de la pequeña ballena espermática, sus sesos son considerados un plato delicado. La parte superior del cráneo se rompe con un hacha, y se retiran y se mezclan con harina, con lo cual quedan convertidos en un manjar cuyo sabor es parecido a la cabeza de ternera.

Me queda claro que no me embarcaré nunca si hay que comer esas «delicadezas».

Por ejemplo, en *Crimen y castigo* de Fiódor Dostoyevski, después de leer, se te queda en la boca el sabor de una «sopa de pobres» hecha con papas y arroz. El humo de la sopa y el del té de samovar impregnan con sus humores toda la novela.

El viejo Lev Tolstói (que siempre fue un viejo de luenga barba blanca) usa los alimentos como meros accesorios en sus escritos, pero él tenía una curiosa postura sobre la comida. En su ensayo *El primer paso* de 1891, dice:

> Si alguien busca real y seriamente vivir una buena vida, lo primero de lo cual tendría que abstenerse por siempre es de consumir carne, porque, sin mencionar toda la excitación de pasiones que provoca ese tipo de alimento, su consumo es simplemente inmoral, en la medida en que involucra la realización de un acto que va en contra de todo sentido moral: matar.

Tema sin duda discutible, pero también respetable.

En 1719 (y perdón por el salto hacia atrás, tan bien que iba yo) se publica *Robinson Crusoe* de Daniel Defoe, cuyo título completo es *Vida y extrañas y sorprendentes aventuras de Robinson Crusoe, marinero de York, escritas por él mismo.* Tengo en mis manos una edición bellísima hecha por Libros del Zorro Rojo, traducida por Julio Cortázar e ilustrada por Carybé. ¡Una verdadera joya que me regaló Imelda en algún cumpleaños y que atesoro con absoluta pasión!

Robinson pasa toda la novela buscando comida en la isla desierta en la que naufraga. Muchos cocos, algunos peces, huevos de aves exóticas; incluso un día mata un gato montés y le queda claro muy pronto que la piel es maravillosa «pero carne imposible de comer». Planta cebada y arroz, encuentra muchas frutas tropicales, tiene cabras, con lo cual también obtiene leche y queso. En resumen, a pesar de la soledad, le va bastante bien en términos gastronómicos. Comía mejor en la isla desierta que en su ciudad natal, York, Inglaterra.

En *El señor de las moscas* de William Goldin, novela de iniciación por excelencia, otro grupo de jóvenes náufragos, todos ellos pertenecientes a una escuela militar, pasan grandes aventuras y momentos absolutamente dramáticos (pero no contaré la novela) mientras intentan sobrevivir, incluso unos de otros. El caso es que en algún momento cazan un gran cerdo (o jabalí, como ustedes quieran) y se dan un enorme atracón en una fogata sobre la playa. Ese cerdo será importantísimo para la trama de la novela y se transforma en mucho más que una fuente de alimento. ¡Imperdible!

Encuentro un libro curioso y muy rico (en sabor e informaciones varias), escrito en 2005 por un experto español en biología molecular llamado Eduardo Angulo, que lamentablemente murió a finales de 2024: *Julio Verne y la cocina. La vuelta al mundo en 80 recetas*. Una verdadera maravilla. El maestro Angulo conocía muy bien la obra de Verne y recupera los platos más estrafalarios y también los más sencillos que aparecen en la vasta bibliografía vernesiana para ofrecernos este magnífico recetario.

La obra de Verne, a decir de Angulo, está compuesta «de discursos y textos literarios, documentos científicos, diarios, relatos de viajes, creencias, jergas» y yo añadiría: «¡Comida! Mucha y curiosa comida». El libro-recetario está divido en siete partes:

1.- Caldos, sopas, ollas y pucheros
2.- Huevos y tortillas
3.- Peces, crustáceos, moluscos y demás bichos
4.- Aves de corral y caza de pluma
5.- La carne del matadero, caza de pelo
6.- Los vegetales
7.- Postres

Y cada receta está identificada con el texto de Verne del que proviene el platillo.

Solo mencionaré algunas rarezas que están contenidas en el titulo en cuestión: «sopa de cabeza de ternera a la tortuga», «sopa de cola de canguro» (que comen varias veces *Los hijos del capitán Grant*), «sopa de aleta de tiburón», «sopa de arroz silvestre», «sopa de habas secas, «esturión en salsa de tomate», «estofado de caimán, «serpiente asada», «pastel de ostras o «estofado de camello».

Verne nos hace viajar por el mundo entero y Angulo nos invita a probarlo sin miedos.

Pero hay tal vez un elemento gastronómico en la literatura que ha dado muchísimo de qué hablar: me refiero a la magdalena de Marcel Proust. Ese bollo que, remojado en té, aparece en *Por el camino de Swann* (el primer volumen de la serie *En busca del tiempo perdido*), escrito en 1913.

Tanto se ha hablado y discutido sobre este pasaje en la obra de Proust que hasta ameritó ser catalogado como un efecto neurosensorial: la «magdalena de Proust», que es un «fenómeno humano memorístico en el cual una percepción (especialmente el olor) evoca un recuerdo o reminiscencia». Comparto el fragmento de la obra de don Marcel donde sucede el prodigio:

> Mandó mi madre por uno de esos bollos, cortos y abultados, que llaman magdalenas, que parece que tienen por molde una valva de concha de peregrino. Y muy pronto, abrumado por el triste día que había pasado y por la perspectiva de otro tan melancólico por venir, me llevé a los labios unas cucharadas de té en el que había echado un trozo de magdalena.
>
> Pero en el mismo instante en que aquel trago, con la miga del bollo, tocó mi paladar, me estremecí, fija mi atención en algo extraordinario que ocurría en mi interior. Un placer delicioso me invadió, me aisló, sin noción de lo que lo causaba. Y él me convirtió las vicisitudes de la vida en indiferentes, sus desastres en inofensivos y su brevedad en ilusoria, todo del mismo modo que opera el amor, llenándose de una esencia preciosa; pero, mejor dicho, esa esencia no es que estuviera en mí, es que era yo mismo. Dejé de sentirme mediocre, contingente y mortal. ¿De dónde podría venirme aquella alegría tan fuerte? Me daba cuenta de que iba unida al sabor del té y del bollo, pero le excedía en, mucho, y no debía de ser de la

> misma naturaleza. ¿De dónde venía y qué significaba? ¿Cómo llegar a aprehenderlo? Bebo un segundo trago, que no me dice más que el primero; luego un tercero, que ya me dice un poco menos. Ya es hora de pararse, parece que la virtud del brebaje va aminorándose.

En fin, la comida y la literatura tienen esa estrecha e íntima relación que las hace almas gemelas. Manuel Vázquez Montalbán, poeta, novelista y sibarita, creó un personaje singular que merece contarse. Me refiero al detective Pepe Carvalho, exagente de la CIA metido en el oficio de investigar crímenes por encargo, un poco cínico tal vez, siempre acompañado en sus casos por el fiel Biscuter, quien cocina maravillas mientras los casos se van aclarando lentamente.

Cuenta Vázquez Montalbán, en el prólogo de su libro de 1990 *Las recetas de Carvalho*, que lo tuvo que escribir por aclamación de todos los que babeamos con la lectura de sus novelas policiacas, en las que la comida prodigiosa tiene un lugar privilegiado:

> Yo suelo plantear la cocina como una metáfora de la cultura. Comer significa matar y engullir a un ser que ha estado vivo, sea animal o planta. Si devoramos directamente al animal muerto o a la lechuga arrancada, se diría que somos unos salvajes. Ahora bien, si marinamos a la bestia para cocinarla posteriormente con la ayuda de hierbas aromáticas de Provenza y un vaso de vino rancio, entonces hemos realizado una exquisita operación cultural, igualmente fundamentada en la brutalidad y la muerte. Cocinar es una metáfora de la cultura y su contenido hipócrita, y en la serie Carvalho forma parte del tríptico

> de reflexiones sobre el papel de la cultura. Las otras dos serían esa quema de libros a la que Carvalho es tan aficionado y la misma concepción de la novela como vehículo de conocimiento de la realidad, desde el mestizaje de cultura y subcultura que encarna la serie Carvalho.

La comida como metáfora de la cultura, claro. En la casa de Carvalho, en Vallvidrera, a las afueras de Barcelona, el detective quema algunos libros en la chimenea, no como un acto de salvajismo, sino —como explica Vázquez Montalbán— todo lo contrario: «Ha dicho a veces que quema libros para vengarse de lo poco que le han enseñado a vivir y de lo mucho que le han alejado de una relación espontánea y entusiasmada con la realidad». Una gran broma proveniente de un gran lector; no hay que tomarlo a pecho. Es su detective quien los quema, no él.

Esa relación entusiasmada con la realidad tiene un ancla en el fondo de su pensamiento que pasa, por supuesto, por las papilas gustativas.

En *Historias de política ficción* de 1992, Carvalho quema *Tatuaje*, la novela de 1974 en la que él mismo aparece. Nada personal.

La saga de Carvalho comienza en 1972 con *Yo maté a Kennedy* y termina con *Milenio Carvalho II. En las antípodas*, publicada en 2004, un año después de la muerte de Manolo. Todos los títulos son excepcionales.

Vázquez Montalbán confesó alguna vez: «Carvalho cocina por un impulso neurótico, cuando está deprimido o crispado, y casi siempre busca compañía cómplice para comer lo que ha guisado, para evitar el onanismo de la simple alimentación y conseguir el ejercicio de la comunicación».

Por eso ahora me encuentro en su casa de Vallvidrera. Afuera hace frío de invierno, en la chimenea crepita un libro, pero no me atrevo a asomarme a ver de qué título se trata. Podría ser uno mío, y sería el justo pago por fisgonear en su territorio y comerme su comida.

Pepe Carvalho está cocinando, acompañado de Biscuter.

Tengo entre manos su receta de «mejillones a la Pepe Carvalho».

La leo en voz alta:

Mejillones a la Pepe Carvalho

1 cda. de aceite
1 cebolla picada
1/2 pimiento rojo picado
2 tomates picados (sin piel ni semillas)
1 diente de ajo picado
1 rama de apio picado
1 kg de mejillones
4 cdas. de vino blanco
1 cdta. de tomillo
1 cdta. de orégano
1 cdta. de pimienta
1 cda. de perejil picado

Modo de preparar

Lavar bien los mejillones y retirarles las «barbas».

En una cazuela alta poner el aceite y a continuación el ajo y la cebolla. Dejar pochar a fuego bajo hasta que estén blandos, pero sin dorar. Agregar el pimiento, el apio y los tomates. Dejar cocer unos minutos y agregar los mejillones.

Tapar la cazuela. Dejar que den unos hervores y, posteriormente, eliminar la mayor parte del jugo que hayan soltado. Incorporar el vino blanco, el tomillo, la pimienta y el orégano. Cocer hasta que se abran. Antes de servir, espolvorear con perejil picado.

Huele estupendamente bien.

Vázquez Montalbán murió en Bangkok, Tailandia, el 18 de octubre de 2003, dejándonos un legado invaluable como ensayista, poeta y novelista policiaco. Yo guardo como un tesoro sus diez tomos de *Carvalho gastronómico*, entre los que se encuentran *La cocina de la harina y el cordero*, *La cocina del mestizaje*, *La cocina de los finisterres* y *La cocina del Mediterráneo y la mediterraneidad*.

Debo confesar que me enamoré de él —y de su personaje ambiguo y a veces disparatado— leyendo *Los pájaros de Bangkok* de 1983, galardonado con el Premio Planeta.

El gran Pablo Neruda, poeta chileno y Nobel de Literatura en 1971, escribió su serie de *Odas elementales*, donde celebra al tomate, el «caldillo de congrio» (tan chileno), la cebolla, el pan, un gran atún del mercado, el limón, la manzana y hasta las papas fritas.

Recupero aquí la dedicada al «caldillo de congrio», como el que me comí encantado en Santiago, después de haber visitado con Imelda la casa de Neruda en la capital, llamada La Chascona y cuyo símbolo es un pez, tal vez una reminiscencia de ese congrio que alabó don Pablo de manera tan lucida y bella. Me queda claro que, además de buen poeta, era sin duda un tragón:

En el mar
tormentoso
de Chile
vive el rosado congrio,
gigante anguila
de nevada carne.
Y en las ollas
chilenas,
en la costa,
nació el caldillo
grávido y suculento,
provechoso.
Lleven a la cocina
el congrio desollado,
su piel manchada cede
como un guante
y al descubierto queda
entonces
el racimo del mar,
el congrio tierno
reluce
ya desnudo,
preparado
para nuestro apetito.
Ahora
recoges
ajos,
acaricia primero
ese marfil
precioso,

huele
su fragancia iracunda,
entonces
deja el ajo picado
caer con la cebolla
y el tomate
hasta que la cebolla
tenga color de oro.
Mientras tanto
se cuecen
con el vapor
los regios
camarones marinos
y cuando ya llegaron
a su punto,
cuando cuajó el sabor
en una salsa
formada por el jugo
del océano
y por el agua clara
que desprendió la luz de la cebolla,
entonces
que entre el congrio
y se sumerja en gloria,
que en la olla
se aceite,
se contraiga y se impregne.
Ya solo es necesario
dejar en el manjar
caer la crema

como una rosa espesa,
y al fuego
lentamente
entregar el tesoro
hasta que en el caldillo
se calienten
las esencias de Chile,
y a la mesa
lleguen recién casados
los sabores
del mar y de la tierra
para que en ese plato
tú conozcas el cielo.

Termino aquí esta entrada, no sin antes hacer un último y merecido homenaje a José Emilio Pacheco y a su maravillosa novela corta *Las batallas en el desierto*, de donde rescato un momento en el que Carlitos, el protagonista, es invitado a merendar a casa de su amigo Jim. Estamos en la Ciudad de México, en los años cincuenta. Todo va cambiando a su alrededor para dar paso a la modernidad, mientras los personajes resisten el embate de las maquinas que transforman el perfil urbano y las batallas en el desierto que alteran el perfil del mundo.

Una joven y guapa Mariana, madre de Jim, los llama a la mesa para ofrecer una verdadera novedad:

> ¿Qué te parecen? Les dicen Flying Saucers: platos voladores, sándwiches asados en este aparato. Me encantan, señora, nunca había comido nada tan delicioso. Pan Bimbo, jamón, queso

Kraft, tocino, mantequilla, kétchup, mayonesa, mostaza. Eran todo lo contrario del pozole, la birria, las tostadas de pata, el chicharrón en salsa verde que hacía mi madre. ¿Quieres más platos voladores? Con mucho gusto te los preparo. No, mil gracias, señora. Están riquísimos, pero de verdad no se moleste.

Yo también comí, como Carlitos, esos platos voladores muchos años después que él, y puedo asegurar que estaban riquísimos, que sabían a gloria. Hoy han desaparecido, como un montón de bellos edificios, películas en blanco y negro en cines que ya no existen, grandes orquestas, restaurantes magníficos, los tranvías eléctricos y un montón de cosas más.

Pero siempre quedará el recuerdo.

Y la gloriosa literatura, para contarnos todo y leerlo como si el entonces fuera ayer, como si fuera hoy mismo.

El triunfo de la memoria contra la muerte...

Langostas

Tendría unos cuatro o cinco años cuando, de la mano de mi madre, vi por primera vez en mi vida una langosta. Exhibida entre hielo molido, roja (ya cocida) y amenazante, con ese caparazón lleno de púas, como si fuera un caballero medieval, con un par de largas antenas espinosas y unos ojillos de color café que salían en medio de toda esa parafernalia. Fue en el mágico mercado de San Juan, y me dijo mi madre que pregunté si «eso» se comía. Me contó también que compró dos colas (eran otros tiempos, cuando no había que empeñar algo para poder comer langostas) y que en casa las coció e hizo con ellas una ensalada con mayonesa hecha a mano. No recuerdo cómo fue esa comida. Lo único que sé, a ciencia cierta, es que el romance entre las langostas y este servidor ya va para sesenta años, y no hay posibilidad alguna de divorcio.

Crustáceos marinos de carne blanca, delicada y firme, son, junto con el caviar, los platillos que identifican a la opulencia y, en algunas ocasiones, el despilfarro.

Leo en el sitio web de Bioenciclopedia (https://www.bioenciclopedia.com) que estos bichos viven en todos los océanos del mundo, pero

> ...cada especie tiene una distribución específica. La mayoría de las especies comerciales, como *Homarus americanus* (langosta americana) y *Homarus gammarus* (bogavante), son criaturas de aguas frías que se capturan en el norte del océano Atlántico.
>
> Sin embargo, la langosta común del Caribe (*Panulirus argus*) se extiende desde aguas de Brasil hasta aguas de Estados Unidos, sobre todo en el mar Caribe. Las langostas espinosas son propias de mares cálidos y son muy abundantes en torno a Australia. Sus hábitats son bastante variados.

Las primeras que yo comí eran, sin duda, langostas del Caribe, y son las que habitualmente se encuentran en las pescaderías y mercados mexicanos. Y tendré que decirlo: tienen más sabor que sus primas gringas o los bogavantes españoles, aunque son mucho más pequeñas.

No es un marisco que forme parte de la dieta habitual en casi ningún lugar, excepto en algunas zonas de Asia, como China y Tailandia. La langosta a la cantonesa se prepara con cerdo y frijoles negros fermentados, lo que la hace única. El caso es que es un platillo de fiesta, de celebración, por el alto costo de la materia prima y la poca carne que puede extraerse de cada langosta.

En Navidad —ya lo he dicho—, mamá literalmente tiraba la casa por la ventana y, además de muchas otras cosas, ponía en la mesa una charola grande de langostas cortadas en rodajas, con la mayonesa que tan bien le salía. (Mamá siempre dijo *mahonesa*, que viene del lugar donde supuestamente fue inventada: Mahón, Menorca, España; aunque la primera receta publicada es francesa). Y era, sin duda, un lujo que yo nunca he podido repetir. Aunque si me he comido algunas en varias partes del mundo. Y hago memoria en honor a la jefa y recuerdo...

De viaje en Nueva York —por supuesto invitados por mis padres—, yo había ahorrado algo de dinero para comprar ropa, pero se nos atravesó The Palm, en el número 250 de la calle 50 Oeste. Famoso por su sopa de lentejas y, por supuesto, por las langostas de Maine: inmensas y deliciosas. En un desplante de generosidad, decidí invitar a mis padres (solo estábamos los tres, afortunadamente) y comimos espectacularmente. Llegó la cuenta y yo la tomé con desparpajo, sintiéndome adulto a pesar de mis 17 años recién cumplidos. Me gasté todo mi ahorro, pero puse cara de hombre de mundo y hasta le sonreí al mesero, ya sin un centavo en el bolsillo, porque la propina también costó lo suyo.

Mamá me compró ropa y papá invitó el resto de las comidas y cenas del viaje. Esas langostas pagadas por mí me supieron mejor que ninguna otra, por lo menos en mi cabeza. Espero que los jefes se hayan sentido un poco orgullosos de ese hijo que quiso devolverles un poco de lo que siempre le dieron a manos llenas. Nunca volví a invitarles langostas, aunque sí otras cosas más baratas y con el gusto de siempre.

Unos años después llegué hasta Xcaret (nada que ver con lo que es hoy), en Quintana Roo. Había un pequeño poblado de pescadores y las aguas más cristalinas que yo había visto en mi vida. Iba de mochilero, acompañado de un par de buenos amigos, y decidimos acampar ahí: una sucursal del paraíso.

Todas las mañanas los pescadores sacaban langostas, que abundaban en la zona y que, con total desprendimiento, nos regalaban. Puestas con palo sobre las brasas y acompañadas por frijoles, son uno de los grandes manjares del mundo entero. Nos quedamos una semana entera en la que comimos mejor que nunca, y gratis. Al irnos, les regalé mi reloj (barato) en agradecimiento, que era lo único que llevaba encima y que tenía algún valor. Volví con el paso de los años, pero nada era igual. Ya no estaba ni siquiera el pequeño poblado donde nos recibieron. Ni siquiera había langostas. Pero no olvido nada de eso.

Y me voy, como un suspiro, al otro extremo de nuestro maravilloso país: ¡Tijuana!

Ahí vive mi queridísimo amigo Rodrigo Bustamante con su familia, y cada vez que voy nos sentamos a comer para celebrar los más de cincuenta años de amistad que llevamos a cuestas y que es irrompible.

Fue Rodrigo quien, en uno de esos viajes, nos llevó a Imelda y a mí a Puerto Nuevo, muy cerca de Rosarito y a solo media hora de Tijuana. Desde la carretera se llega a una calle larga y ancha que desemboca en el mar y que está flanqueada por múltiples restaurantes que ofrecen la famosísima langosta estilo Puerto Nuevo.

Estamos hablando de tacos de langosta con frijoles y arroz, en tortilla de harina muy norteña, con mantequilla y salsa a discreción.

Cuenta la leyenda que, a finales de los años cincuenta, el pescador de langosta José Plasencia llevó a un par de turistas estadounidenses a su casa, después de haber buceado con ellos y sacado varios crustáceos. Su esposa, Susana Díaz López, los recibió y, con lo que tenía a la mano (lo ya descrito), preparó esos tacos que hoy son reconocidos y admirados en muchas partes del mundo.

Los he comido en varios sitios, pero es en La Casa de la Langosta —abierto por los Plasencia en 1985— donde saben como tienen que saber. Como dije, la amistad con Rodrigo, su mujer María Elena y sus hijos es irrompible, y todos los años se refrenda —si se puede, más aún— frente a esos tacos que, en este instante mientras escribo, me hacen salivar. El verdadero sincretismo cultural, en un plato.

Y perdonarán, pero vuelvo a Nueva York, ciudad entrañable y llena de sorpresas.

En la estación de trenes Grand Central hay un restaurante al que vamos cada vez que nuestros pasos se pierden en la Gran Manzana. Me refiero al Oyster Bar que se ubica en las entrañas de la terminal. Sin pretensiones: un inmenso galerón con comida de mar fresquísima y un tanque enorme lleno de langostas de Maine —vivas y enormes— que esperan a un tragón como yo, venido desde muy lejos, para terminar en un plato.

Generalmente compartimos una que debe pesar, por lo menos, un kilo. Pero en las vísperas de un Año Nuevo, nos reunimos ahí un grupo queridísimos amigos —Marina Stavenhagen, Gerardo Tort, Memo y Mónica Barba, Javier Méndez, Imelda y yo— a las tres de la tarde en punto, en una mesa redonda del Oyster, para celebrar la vida y el año que vendría.

Empezamos con una *clam chowder* estilo Boston (sopa de almeja con papas, crema y mantequilla), que estaba buenísima. Algunos pidieron varias almejas frescas (se ofrecen por lo menos veintidós variedades distintas). Gerardo y yo nos mirábamos el uno al otro y luego mirábamos el tanque de las langostas como, supongo, lo habría hecho Jacques Cousteau: con curiosidad, pero también con hambre. Y después de un corto cónclave en el que dijimos cosas como: «Hemos trabajado mucho este año», «Nos lo merecemos», «No están tan grandes» y «Qué tanto es tantito», pedimos una langosta cada uno. Nada de compartir. ¡Una entera!

Y he de decir que, después de más de media hora de lucha a brazo partido contra la bestia, salimos triunfantes. No quedó un solo trozo de carne entre los restos. Todavía, tantos años después, no se nos quita la sonrisa. Y yo creo que no se nos quitará nunca. Recibimos el Año Nuevo en un lugar alucinante llamado Las Chicas Locas, un club de salsa en la calle 47, donde bailamos, brindamos, nos abrazamos y reímos hasta el amanecer con nuestro amigo Raúl Zorrilla, celebrando un nuevo año que pintaba muy bien.

Y, por supuesto, hay que hablar de la famosa langosta Thermidor. Pero dejo que lo cuente Francisco Rangel, de mis amigos de *Animal Gourmet* (https://www.animalgourmet.com), que lo explica excelentemente:

> De la cocina francesa clásica, la langosta Thermidor es un plato cremoso, carnoso y muy especiado. Una receta icónica de la alta cocina francesa creada por uno de los personajes más importantes de la historia culinaria, Auguste Escoffier. La langosta Thermidor es una preparación sofisticada, exclusiva y representativa de la cocina francesa [...].
>
> Según Escoffier, la langosta debe partirse por la mitad, de cabeza a cola. Originalmente se asaba al *grill* y se cubría de una salsa especial para después ser gratinada. La famosa salsa Thermidor se realiza con bechamel, nata, brandy y mostaza inglesa, una preparación que realza el sabor de la langosta.

> Creada [...] en 1884, la langosta Thermidor se inventó en el restaurante Chez Maire en París. Se dice que se le otorgó este nombre a manera de homenaje, para una obra de teatro que desató un gran escándalo al ser prohibida. Una obra que hablaba sobre la Revolución francesa y la época del terror en Francia.

Y aunque la Thermidor tiene fama, yo diré que no es una de mis preparaciones preferidas. Lo es, en cambio, una verdadera sorpresa: la langosta a la catalana, que llegó a nuestra mesa de la mano de Luis Marcet (del que ya se ha hablado bastante y bien en este libro).

Se trata de una langosta guisada... ¡en salsa de chocolate!

Al principio la miré con absoluta desconfianza. No me parecía que esos dos elementos pudieran llevarse bien, a pesar de que lo dijera el amigo Marcet. Pero rápidamente recapacité, pensando en el maravilloso mole poblano, que tiene mucho más que chocolate en su hechura y que es una verdadera gloria.

La probé, pues, y quedé encantado. Es un plato típico de Cataluña, preparado con chocolate (lo más puro posible), cebolla, ajo, vino tinto y especias. Me entero —por el chismoso internet— que era el platillo preferido de Salvador Dalí y su esposa Gala. Y me queda claro: comían bien y comían mucho.

El aroma del chocolate mezclado con el vino y las especias le confiere a la langosta un gusto único, difícil de describir.

¡Tienen que probarla algún día!

El tema es que he probado langostas (cuando la economía lo permite) en varias partes del mundo, y siempre me quedo con la sensación de que no soy yo quien come, sino un personaje salido de *El gran Gatsby*, acostumbrado a esas delicias que, lamentablemente, no todo el mundo puede disfrutar. Sí: tengo el síndrome del impostor, y no me importa.

México, mole y Michelin

¡México!

Vivo en un país privilegiado en muchos sentidos. He disfrutado de su gente, sus paisajes, sus litorales, su cultura milenaria, sus ciudades virreinales, sus poetas y escritores —ellos y ellas—, su música, sus tradiciones y festividades, su espíritu festivo y, sobre todo, ¡su comida!

Una de las primeras amigas que hicieron mis padres al llegar a México fue la doctora Guadalupe Pérez San Vicente, una verdadera institución en el estudio de la gastronomía y las tradiciones mexicanas. Fue ella quien guio a mi familia, paso a paso, por el sorprendente y riquísimo mundo que estaban por descubrir. De una gentileza extraordinaria, inteligencia superior y modos suaves y elegantes, Guadalupe fue trayendo a casa delicias sacadas de los lugares más recónditos de nuestra geografía. Compartía recetas y transmitía todo lo que estas contenían: historia, leyenda, formas. Nos hizo, por la vía del paladar, más mexicanos y orgullosos de esta patria buena y generosa.

Guadalupe nos dejó un montón de cosas, un cariño irrestricto y abundante, y también una tradición que pervive hasta nuestros días: poner el altar de muertos. Nosotros heredamos el que mamá y Guadalupe armaban en casa, y lo seguimos haciendo —ahora en la nuestra— para honrar su memoria.

En el estudio introductorio del *Recetario de doña Dominga de Guzmán, siglo* XVIII, editado por Sanborns, el extinto Consejo Nacional para la Cultura y las Artes y la Dirección General de Culturas Populares en 1996, Guadalupe Pérez San Vicente define los pasos que debe cumplir una cocina para considerarse propia y única. A continuación, la cito:

> Mis reflexiones sobre la gastronomía me acercan a tres enunciados. El primero marca que cada cocina posee su propio espíritu integrado por un conjunto de normas que la identifican y caracterizan, las cuales no pueden ser transgredidas a riesgo de perder su propia idiosincrasia, es decir, su identidad.
>
> Segundo, la cocina se origina en un ámbito geográfico determinado por su tierra, su cielo, sus ciudades y sus hombres, al decir de Pedro Laín Entralgo; más sus insumos y productos, diría yo.
>
> El tercero se refiere a definir la connotación de una cocina que permita diferenciarla de un conjunto de platillos.
>
> Según mi teoría, toda «cocina» debe cumplir los siguientes enunciados:
>
> a) Haber nacido en su propio territorio, determinando y estableciendo su propio espacio.
> b) La creación de sus propios utensilios.
> c) Producir sus propios insumos y materiales.

d) Inventar sus modos y maneras propias de cocinar.

e) Tener en su repertorio platillos que abarquen toda la gama de sabores del agrio al dulce, del áspero al suave, de lo salado a lo amargo.

f) La concepción de géneros que integren la totalidad de los pasos de una comida, desde la entrada, pasando por los caldos, las sopas secas, los guisados y hasta los postres.

g) Que haya establecido sus horarios, costumbres, etiqueta y ordenamiento.

h) Que el gusto por el platillo, el guiso y las viandas, haya rebasado por lo menos tres generaciones, o sea, más o menos 150 años, es decir, ceñirse al parecer del tiempo, amo y señor de lo caduco y lo permanente.

i) Su universo debe estar constituido, agavillado, por las llamadas cocinas regionales.

j) Que sea capaz de aprovechar los conocimientos de cocina ajenos, para incorporarlos, sin desvirtuar su espíritu.

k) Una cocina se transforma en gastronomía cuando ha creado sus propias bebidas con sus insumos y métodos, su panadería, bizcochería, pastelería y repostería.

l) Que en su elogio y estudio se haya originado una literatura y posea, además, su propio refranero.

Si aplicamos los rubros señalados a la cocina mexicana, encontramos así, que los cumple sobradamente.

Y vaya que los cumple. Gracias, Guadalupe, dondequiera que te encuentres.

Decir «México» es hablar de uno de los cinco países con mayor tradición y variedad culinaria del mundo. El 16 de noviembre de 2010, la comida mexicana fue declarada Patrimonio

Cultural Inmaterial de la Humanidad por la Unesco, durante una reunión celebrada en Nairobi, Kenia.

La candidatura fue presentada por el Conservatorio de la Cultura Gastronómica Mexicana (CCGM), con el apoyo de instituciones gubernamentales y privadas. Dos grandes amigos de mis padres —y también míos—, Gloria López Morales (actual presidenta del CCGM) y José Iturriaga de la Fuente, ambos especialistas, académicos y grandes investigadores (además de espectaculares cocineros), fueron quienes llevaron adelante esta aventura maravillosa de la que todos debemos sentirnos orgullosos. Dejo aquí la página del CCGM para que lo conozcan y de ser posible apoyen: https://www.ccgm.mx/.

Transcribo a continuación algunos de sus objetivos y misiones institucionales:

> Rescate, salvaguardia y promoción del sistema alimentario como parte fundamental del patrimonio cultural del país, así como de su desarrollo socioeconómico.
>
> Valorar las cocinas tradicionales como expresión de continuidad histórica a través del legado culinario que funge como vertebrador de costumbres y como eje de cohesión comunitaria y social.
>
> Favorecer las expresiones y corrientes innovadoras que permitan el avance de una gastronomía antigua con gran potencial de expansión y desarrollo futuro, inspirado en el manejo sustentable de los recursos naturales y en la creatividad de las cocineras tradicionales y todos aquellos que intervienen en la afirmación y difusión de la cocina mexicana. Crear mecanismos de transmisión de la información sobre la cadena productiva que interviene en la preservación de las cocinas locales y regionales

de la cocina mexicana e integración de los conocimientos sobre la misma de manera que permite ver al patrimonio cultural como un recurso fundamental para el avance del país.

En apretado resumen: poner nuestra cocina —la tradicional y también la nueva— ante los ojos y paladares del mundo.

Tenemos una tradición ancestral que fue condimentada y transformada por el mestizaje, por los múltiples mestizajes de los que somos parte esencial, de manera cambiante, vibrante y heterogénea.

Este es, tal vez, el capítulo más difícil de los dos tomos de esta obra. México ameritaría un tomo entero para contar la riqueza y variedad de sus platillos. Así que, si me lo permiten, haré un recorrido a vuelo de pájaro por lo que yo he probado en esta espectacular y suave patria.

Y comienzo por el sureste. Desde ahí avanzaré hacia el norte hasta completar —sin otro orden que el que la memoria me dicte— los lugares donde comí y fui feliz.

Mi amigo, el arqueólogo Pepe Huchím, dirigía la zona arqueológica de Chichén Itzá cuando tuve la oportunidad de visitarlo. Fue entonces cuando me llevó a un lugar espectacular. Toda la zona está llena de restaurantes que ofrecen «auténtica comida yucateca» y que, en realidad, son más bien trampas para turistas con precios exorbitantes. Los turistas se van, generalmente, muy contentos y con la cartera más ligera. Pero Pepe es de allá y no cae, por ningún motivo, en la trampa.

En un descampado, frente a una construcción muy rudimentaria cerca del periférico de Mérida, en el sector norte, existió (lamentablemente ya no) el Truk —nombre que se le da en la península a los pequeños vagones que van sobre rieles y que, en tiempos de bonanza, llevaban el henequén hasta los puntos de embarque del llamado «oro verde»—, un restaurante único, con comida auténtica de verdad. Una mujer maya, con su impecable vestido blanco bordado, hacía tortillas a mano sobre un comal puesto directamente sobre las brasas en el suelo. Ya con eso bastaba: el olor podía alimentar por sí solo.

Nos sentamos a la sombra de un árbol de nanche y yo me dejé guiar por la sabia mano del arqueólogo.

Una hora después, no podía hablar de la cantidad de maravillas que me había metido entre pecho y espalda (es un decir: todo fue directo al estómago).

Frijol con puerco, cochinita, papadzules y sopa de lima, entre otras exquisiteces.

Pero fue la cochinita pibil (pibil en maya quiere decir *enterrado*) el plato de resistencia, la especialidad de la casa. Cocinada en un agujero en la tierra, envuelta en hojas de plátano, aderezada con naranja agria, achiote y algún secreto más que no me quisieron contar, era, en cada bocado, un trozo de paraíso. Debí comerme, por lo menos, siete tacos bien servidos y acompañados con cebolla morada y chile habanero.

La cocina yucateca es sabia y poderosa. Esa noche no dormí, intentando hacer la digestión, pero me dio igual: repetiría la experiencia con los ojos cerrados.

Pepe Huchím —ahora en Uxmal— cocina, y cocina bien. Sé de buena fuente que le preparó un frijol con puerco a la mismísima Eva Longoria. Y me contó su secreto: se ahúma la carne y se entierra en el suelo durante una noche entera, para luego cocinarla y acompañarla con frijoles negros, por supuesto, cebolla, rábanos y el infaltable chile habanero.

En la Ciudad de México he encontrado mi lugar preferido para el frijol con puerco: el restaurante Montejo, en la avenida Benjamín Franklin, entre las colonias Condesa y Escandón. Un trozo de Yucatán en la ciudad. Vale la pena también su cochinita y su pavo en escabeche. ¡Palabra de glotón!

Quintana Roo

En el *Chilam Balam*, el libro sagrado de los mayas, se habla de ese pueblo como de «los hijos del alba». Y fue precisamente al alba, al salir los primeros rayos del sol, en medio de la selva quintanarroense, donde respiré profundamente y sentí todo su esplendor.

No fue sino hasta el 8 de octubre de 1974 cuando el territorio de Quintana Roo —junto con el de Baja California Sur—, se convirtió en uno de los dos últimos estados de nuestra república.

Era el año 2009. Yo estaba trabado con la escritura de mi primera novela, *Polvo*, y necesitaba un lugar tranquilo y alejado de todo para poder terminarla. Mi amiga Adriana Velázquez Morlet me contó un secreto: en medio de la selva, muy cerca de la zona arqueológica de Kohunlich —por supuesto en Quinta Roo— estaba lo que yo buscaba. A tan solo una hora de Chetumal, la capital, está The Explorean, un hotel que ofrecía cómodos y espaciosos bungalós con terraza frente a la exuberante vegetación.

Ahí me acondicionaron una mesa y una extensión para poder conectar mi computadora. Y escribí desaforadamente durante diez días. Terminé la novela, interrumpido solo por un par de tucanes, un coatí, algún venado y un mapache curioso que me robó una pantufla. La novela fue publicada al año siguiente y estoy muy orgulloso de ella. Imelda dice que es lo mejor que he escrito, y debo creerle, poque es una gran lectora.

Por las noches, los dos mirábamos el infinito cielo estrellado, oíamos cantar a los grillos y leíamos en medio del silencio. Fueron días memorables.

No era temporada vacacional, así que estábamos completamente solos en el hotel. Había una bella piscina, donde de tanto en tanto nos dábamos un chapuzón para apaciguar el calor, y un restaurante que ofrecía comida del día (no había carta), atendido por una cocinera de la región que nos sorprendía —siempre para bien— con sus platillos.

Ahí probé por primera vez el agua de chaya. Las hojas de este arbusto, muy común en toda la península, se usan para cocinar y preparar una bebida muy refrescante y muy diurética. Todas las mañanas, mientras escribía, me llevaban una jarra enorme con hielos y la deliciosa agua. Y yo iba feliz, muchas veces al día, de la computadora al baño, sin quejarme en lo absoluto.

Comimos lo que nos ponían enfrente, y nunca fuimos defraudados: arroz con cherna, codillo de cerdo con chaya, escabeche de pollo y un montón de pescados y mariscos de la región, todos fresquísimos y acompañados por ensaladas igual de frescas. Verdaderas joyas de una sencillez enorme y un sabor apabullante.

Lamento mucho no recordar el nombre de esa maravillosa cocinera que nos apapachó durante diez días y que me permitió escribir sin pausas ni prisas, con el estómago lleno y el corazón contento.

Por supuesto, también visitamos la zona de Kohunlich, que tiene una estructura en forma de basamento (en México no hay pirámides sino basamentos piramidales) donde se conservan unos inmensos mascarones que hay que ver, por lo menos, una vez en la vida. Tuvimos la fortuna de que nos acompañara en esa visita —y posteriormente a la zona de Dzibanché— el arqueólogo Enrique Nalda, una verdadera leyenda, quien trabajó en esa región durante más de veinticinco años. Con paciencia y cariño, nos explicó el ascenso y ocaso de esa civilización y sus impresionantes ciudades.

Lamentablemente, Nalda murió en 2010, y nunca pude llevarle el libro que terminé de escribir en su territorio, en su selva.

Uno de los grandes privilegios de ser escritor —por supuesto, además de que te lean— es la cantidad de ferias del libro a las que te invitan. He recorrido el país y parte del mundo gracias a ello, y fue así como, en un verano caliente, llegué hasta la maravillosa ciudad amurallada de Campeche.

Fue asediada por piratas desde el siglo XVI por ser una villa rica y con enorme comercio de oro, plata, madera y algodón —y por lo mismo, una presa codiciada del Caribe—; los primeros registros de ataques a la ciudad datan de 1568, cuando el famoso Francis Drake (convertido luego en sir por los pérfidos ingleses) saqueó la ciudad. También el francés Jean Lafitte hizo de las suyas en el Caribe y, por supuesto, en Campeche.

Pero de quien quiero hablar es de Laurens de Graff, pirata holandés conocido como Lorencillo, que atacó la ciudad en varias ocasiones, destruyéndola e incendiándola, en particular un 7 de julio de 1685. Por eso, al año siguiente comenzó el amurallamiento de la ciudad, para protegerla. Las obras concluyeron en 1704, cuando ya casi no había ataques piratas.

Pero hay algo más que roza en la leyenda. Lorencillo, según algunos, era muy aficionado al llamado queso de bola (sí, ese cubierto con cera roja y tan típico de Holanda, o que nosotros creemos típico), y fue quien lo introdujo en la península. En cuanto se regularizó el comercio, apareció el famoso queso relleno, una muestra absolutamente sincrética del encuentro entre dos mundos.

Hay una enorme discusión, aún no zanjada, sobre si el

platillo es campechano o yucateco. Yo me aventuro a decir que el queso holandés llegó primero a las costas campechanas y, de ahí, se esparció al resto de la península.

Yo lo comí por primera vez invitado por mis amigos de la Feria del Libro de Campeche, en un lugar magnífico cuyo nombre no recuerdo, al pie de la muralla y frente al mar. Todavía conservo en la boca el delicado sabor de ese platillo.

En el tomo dedicado a Campeche de *La cocina familiar en el estado de Campeche*, editado por Océano y el Consejo Nacional para la Cultura y las Artes en 1988, encontré esta receta, que aquí comparto:

Queso relleno

1 queso holandés con cubierta (y sin la cera roja que lo cubre, digo yo, por si acaso)
150 g de manteca de cerdo
100 g de harina
20 g de pasas
12 aceitunas
6 huevos
2 jitomates
1 cebolla
1 chile dulce
1 cda. de alcaparras

Modo de preparar

Marcar y quitar una tapa del queso de bola, extraer el queso y dejar la cáscara en agua (debe quedar limpia).

Cocer los huevos, pelarlos y picarlos bien; mezclar con el queso extraído.

Rellenar la calavera con la preparación anterior; poner la tapa y cubrir con manta de cielo y hoja de plátano.

Cocer a vapor de diez a quince minutos.

En paralelo, freír por separado la cebolla picada, el chile dulce, los jitomates picados, las aceitunas, las alcaparras y las pasas; tapar y dejar hervir quince minutos.

Disolver harina en agua, colar y agregar a la salsa para que se espese; dejarla sazonar en el fuego.

Bañar el queso con esta salsa y servir caliente.

Rinde seis raciones.

La verdad es que es una maravilla, y no me importa si es campechano o yucateco: el caso es que sabe delicioso, y que además se puede acompañar con mariscos muy frescos.

Pero el queso holandés tiene otro uso en la comida peninsular. En Yucatán, cada par de calles uno encuentra los tradicionales puestos de marquesitas. Nicole Galván, en el sitio https://www.directoalpaladar.com.mx/, cuenta su origen y aquí lo transcribo:

> Este postre surgió en el año 1937, cuando el nevero Leopoldo Mena hacía su trabajo en las calurosas calles de Yucatán. Él notó que durante la temporada invernal las ventas con las que sostenía a su familia disminuían drásticamente; fue así como sintió la necesidad de hacer un negocio alterno y echar mano de un recurso que conocía y sabía preparar: los barquillos. El producto fue bien recibido entre los clientes, sin embargo, se le criticó el grosor y la dureza del cono. Doña Carmen Muñoz, su esposa, le recomendó cambiar la receta y el resultado fue

satisfactorio: del ingenio nació una masa delgada y crujiente que se puede enrollar, fácilmente, en forma de flauta. Tiempo después, don Polo, como le dicen sus clientes, las comenzó a rellenar de queso holandés de bola.

El queso aportaba un toque salado y complejo con notas amargas, mientras que el relleno (que puede ser mermelada, cajeta o leche condensada), logra equilibrar el gusto dulce y hacen de esta combinación una deliciosa explosión de sabor en el paladar. En aquella época (y hasta el día de hoy), la combinación de sabores causó furor. Con el tiempo, el gusto y creatividad de los consumidores se ha ido modificando la receta original y se han creado un sinfín de combinaciones.

El caso es que algunos piensan que el queso de bola con cubierta roja es oriundo del sureste de nuestro país, sin saber que fueron los piratas holandeses quienes lo trajeron por primera vez.

Siempre estoy esperando —con ansias—, volver a ser invitado a Campeche, esa ciudad tan llena de historias, y encontrar al fantasma de Lorencillo vagando por sus calles, con su queso de bola rojo bajo el brazo, esperando que alguien se apiade de su espíritu y se lo cocine como solo ahí saben hacerlo.

Tabasco

Fui en el año de 1984 a Villahermosa para presenciar un espectáculo único en todos los sentidos.

El Laboratorio de Teatro Campesino e Indígena, creado y dirigido por María Alicia Martínez Medrano, ya estaba en pleno funcionamiento en Chiapas, Veracruz y Tabasco. Ella estaba convencida de que el teatro era un vínculo para la creación de comunidad y la cohesión social. Y fue, sin duda, una experiencia alucinante y maravillosa. Algunas obras se montaban en plena selva, y personas de todo el mundo atestiguaban cómo las comunidades se volcaban en la producción y creación de espectáculos conmovedores, con una visión profundamente distinta.

Bodas de sangre, de Federico García Lorca, se montó en 1984 en Jilotepec, Veracruz; y yo presencié *De los niños del campo a los niños de la ciudad*, una obra escrita por la propia Alicia, en una abarrotada Plaza de Toros de Villahermosa, Tabasco. El elenco era amplísimo: trescientos ochenta actores, un elefante, tortugas, cocodrilos, gallinas y guajolotes, todo con el apoyo del gobierno estatal. ¡Un verdadero delirio!

Años después, en 1990, el Laboratorio presentó una versión de *Romeo y Julieta* en Central Park, en la ciudad de Nueva York. El Laboratorio, junto con su creadora, viajó por el mundo cosechando premios y mostrando un teatro comprometido y absolutamente distinto.

En ese viaje que relato, al día siguiente de la función —todavía alucinados por lo que vimos, escuchamos y sentimos—, un grupito de amigos periodistas salimos a buscar qué comer.

Llegamos a una marisquería a la orilla de uno de los muchos cuerpos de agua que hay en la ciudad, bajo el sol tabasqueño, picante y más que generoso. El lugar no era ostentoso: bancas de madera, mesas largas, manteles de plástico con flores, un par de refrigeradores a reventar de cervezas y refrescos, todo ello adentro de una construcción techada con palma, muy recomendada por los lugareños.

Lamentablemente el nombre del lugar está en algún rincón inexpugnable de mi cabeza (e incluso en la de mis amigos, a quienes ya pregunté). Pero sí recuerdo el nombre de la cocinera: doña Ceci, robusta y risueña, con un mandil negro impecable y un acento tabasqueño hasta la médula.

Por supuesto, pedimos todos el pejelagarto en verde, anunciado como el platillo estrella de la casa.

El pejelagarto es un pez de agua dulce con un aspecto prehistórico: una boca larga, dientes afiladísimos y carne blanca y muy delicada. Existen desde la era Mesozoica y son, de hecho, los peces vertebrados de agua dulce más antiguos que existen. Depredadores naturales, sus únicos enemigos son los caimanes... y los periodistas hambrientos.

El platillo estaba soberbio. Supe por doña Ceci que lleva, en su hechura masa de maíz, hojas de chiltepín, chaya, chile amashito, ajo, cebolla, pimiento verde, manteca de cerdo, agua y sal. La receta, dijo con orgullo, venía de la abuela de su abuela. Quise averiguar más, pero cerró la boca como si fuera la tapa de un cofre del tesoro.

Si alguien la ubica —a ella o al lugar—, favor de avisarme. Me encantaría repetir tan memorable experiencia.

Y para cerrar con broche de oro, dejo aquí el final de los

Cuatro cantos en mi tierra (A Tabasco), del gran, grandísimo Carlos Pellicer, nacido ahí y sin duda amante de su estado:

Agua de Tabasco vengo
y agua de Tabasco voy.
De agua hermosa es mi abolengo;
y es por eso que aquí estoy
dichoso con lo que tengo.

Chiapas

En enero de 2015 fui invitado al Primer Festival de Cine de San Cristóbal de las Casas, dirigido por Miguel Camacho, para intervenir en una mesa redonda. Fueron días de descubrimientos y sorpresas: buen cine, funciones abarrotadas y un pueblo entero volcado en presentaciones, mesas, conferencias y homenajes. Enfocado en temas sociales —la migración, las desapariciones, los autoritarismos—, el festival era un volcán de ideas, pensamientos y discusiones inteligentes de todos los tipos y colores.

Tuvimos —Imelda y yo— la suerte de acompañar al gran director de cine griego Konstantinos Gavras, más conocido como Costa-Gavras —autor de películas tan memorables como *Z*, *Estado de sitio*, *La confesión* y *Desaparecido*—, junto con Diego Luna y su pequeño hijo, a San Juan Chamula.

Pasamos el día juntos en ese pueblo alucinante, y entramos en su iglesia central, aún más alucinante: blanca, impoluta, con toques de verde esmeralda, sin bancas, con el piso cubierto de ramas de pino y sus figuras de diversos santos, así como espejos que reflejan a quienes se confiesan frente a ellos mismos. Dicen que los chamulas —por convicción y herencia—, no saben mentir, y por ello la confesión frente al espejo es absolutamente válida.

Por ahí y por acá, pellizas de borrego, y algunos sacrificios de pequeños animales como palomas o conejos, mezclan la religión católica con sus profundas creencias mayas, que perduran en la comunidad. Durante mucho tiempo no se permitió la entrada a la iglesia, pero nosotros tuvimos suerte: pudimos respirar el aroma penetrante del copal, el pino fresco y las veladoras esparcidas por cientos en mesas adentro del recinto.

No está permitido tomar fotografías. Pero yo vi a Costa-Gavras tomarlas con los ojos y la memoria, todo el tiempo. Él capturaba el instante mágico de uno de los lugares más singulares en los que he estado en mi vida.

Salimos caminando, con la mirada aún llena de asombro, haciendo el recuento de lo visto y lo vivido.

Al salir, bebimos pozol, ese fermento de maíz amarillo tan tradicional de la región, y hablamos sin parar: del cine y de la vida, que se parece tanto al cine. Diego presentaba un documental sobre migraciones y, sin dejar de hablar, acabamos en un restaurante cercano, donde nos agasajaron con varios sabores de tamal, gorditas de frijol, cochito (cerdito al horno) y otras maravillas tan chiapanecas.

A Costa-Gavras le rindieron un merecido homenaje en el festival. Y yo estoy seguro de que al final me hizo un gesto con la cabeza: ese que habla de la complicidad de quienes han presenciado juntos un milagro y no lo repiten en voz alta, porque nadie les creería.

Y salgo de Chiapas de la mano de un genio, el poeta Jaime Sabines:

> Dame ahora tu boca,
> me la quiero comer
> con tu sonrisa.

Es Oaxaca uno de esos lugares infalibles a la hora de comer: desde el más humilde changarrito hasta el restaurante más afamado. Nunca he comido mal ni en su capital ni en el resto del estado.

En el Mercado Benito Juárez, en pleno centro de la bellísima ciudad capital, fundado en 1894 y con una estructura modernista que recuerda a una estación de tren, hay un área de comidas que es en sí misma un delirio.

Cada dos o tres puestos podemos encontrar el queso que lleva el nombre de la ciudad y del estado, pero que allá no se llama así, sino quesillo, y con el que se hacen, tal vez, las mejores quesadillas del mundo (con tortillas hechas sabiamente a mano por sabias matronas oaxaqueñas, con sus huipiles bellamente bordados). Alrededor: chiles, semillas, tortillas, totopos, tlayudas, tamales, nieves de sabores, aguas frescas, chocolate, chapulines, hormigas chicatanas, gusanos de maguey, mezcales, tasajo, frutas y verduras, pescados y carnes.

Ahí me comí una tlayuda con asiento —esa tortilla gigante, dorada y untada con manteca de cerdo, cecina, queso fresco por encima y una salsa verde buenísima—, que acompañé con un agua de guayaba rosa. Una verdadera delicadeza. Rodeado de extranjeros, dediqué la comida a asegurarles que la salsa no picaba «mucho»... y vi rostros enrojecidos y lágrimas en varios ojos. Algo se tiene que pagar para entrar al paraíso. El mercado es una explosión de sabores y colores (vaya lugar común, pero absolutamente cierto) que demuestra la variedad y riqueza de la gastronomía oaxaqueña, ya famosas en todo el mundo. No hay pierde: si quieres comer bien y barato, encamina tus pasos —y tu estómago— hacia el mercado y no serás, de ninguna manera, defraudado. Además, por supuesto, podrás disfrutar una ciudad colonial magnífica, que guarda más de una sorpresa en cada esquina.

Estuve también con mis queridos amigos Melissa Moreno y Sebastián Ansaldi, comiendo en un restaurante que es toda una experiencia. El chef Luis Arellano montó, en una vieja y señorial casona, un lugar llamado Criollo, donde se ofrece un menú de degustación de ocho tiempos que podría enloquecer a cualquiera. Recuperando la cocina tradicional oaxaqueña, sus más profundos sabores, y dándole un toque personal, transforma una comida cualquiera (aparentemente) en un agasajo para los sentidos. Ocho platillos —pequeños, bien servidos y nunca repetidos— se presentan ante ti y te hacen suspirar en cada paso. En la página web del restaurante (https://www.criollo.mx) puede leerse:

> El chef Luis Arellano construye el menú adaptándose a los productos locales disponibles y a las temporadas, inspirado en las diferentes técnicas de la cocina oaxaqueña, haciendo guiños a la costa, los valles, la sierra y al Istmo del estado de Oaxaca.

Tuvimos la suerte de probar, en este orden: una doblada de mole verde con pollo y cebolla encurtida: después, una medalla de maíz azul rellena de frijol y quesillo, con pulpo, chorizo y verdolagas; en tercer lugar, una ensalada de jitomates de la región (por lo menos siete distintos) que recordaré el resto de mi vida; luego, un tamal de papa y hoja santa, relleno de quesillo y acompañado de acelgas salteadas; como quinto platillo, un filete de robalo salseado en chileatole, con berenjenas, jitomate, cebolla y quintoniles; para el sexto asalto, yo estaba en las nubes y me pusieron enfrente un pato con mole coloradito y plátano macho frito; un vaso de camote dulce con piña asada como séptimo platillo, y para cerrar, un puré de calabaza y guayaba con manzana nixtamalizada, coronado por una galleta de maíz y almendras.

Después de eso, presenté un libro. No sé cómo, porque tenía a Oaxaca entera crepitándome en las entrañas.

Estoy esperando volver, para repetirlo todo, con enorme alegría.

De la poeta mixteca Nadia López García, cito el principio de uno de sus poemas, para salir de Oaxaca con el estómago, los ojos y los oídos llenos de maravillas:

> Papá siempre olía a café y té limón,
> sus manos eran como árboles.
>
> La tarde en que papá no volvió,
> el cielo fue rojo sangre
> y la lumbre lloró,
> mi corazón se llenó de agua
> y en mi garganta
> creció una tortuga.

Veracruz

> Ya lo dijo el santo papa, y lo dijo a voz en cuello:
> ¡solo Veracruz es bello, y su capital, Xalapa!
>
> Dicho popular

Tal vez uno de mis primeros recuerdos de infancia —tenía siete u ocho años— transcurre en el puerto de Veracruz. Recuerdo el calor pegajoso y delicioso, grandes ventiladores en un techo alto, mucho trajín de meseros y comensales, y a mis padres y mi hermano Carlos sentados en una mesa, esperando el desayuno anhelado, mientras sonaban por todos lados cucharillas tocando sin ritmo sobre vasos de cristal, en un frenético y divertido concierto de seres hambrientos.

Mis padres amaban los trenes, y yo heredé ese amor. Cada tanto, nos íbamos a la estación de Buenavista y subíamos al ferrocarril que nos llevaba al puerto de Veracruz. Siempre nos hospedábamos en el Hotel Imperial, en pleno zócalo veracruzano, y como si fuera ayer, aún veo por la ventana del último piso —allá, a unas cuantas cuadras— el mar que me entra por los ojos y por el alma. Papá fue padrino de una maravillosa generación de periodistas de la Universidad Veracruzana, entre los que se encontraban Cecilio García y Ana Cristina Peláez, quienes luego trabajaron con él en noticieros de televisión.

Ir a Veracruz era una fiesta. Hasta nuestra ventana llegaba la música de los tríos y grupos jarochos que tocaban en los portales del zócalo, y los efluvios maravillosos de grandes comidas subían por el aire.

El lugar donde esperábamos el desayuno era la mítica La Parroquia, donde comí, por primera vez en mi vida, una concha dulce rellena de frijoles negros. El tintineo de los vasos era el llamado de los anhelantes comensales que esperaban su café lechero, que los hábiles meseros servían levantando la jarra de leche desde gran altura para hacerlo espumoso (y también divertido). Para mí, era más que un desayuno: era un festival casi circense que presagiaba exquisiteces y finales felices.

Veracruz es cuna de poetas y músicos, como el genial Agustín Lara, a quien tuve el honor de conocer porque mi papá hizo con él una serie de programas de televisión (los últimos en la vida del Flaco de Oro), y lo oí cantar al piano, ahí, detrás de cámaras, algunas de las joyas de su amplio y maravilloso repertorio.

Pero volviendo a La Parroquia: es un sitio de cita obligada para quienes llegan por primera vez al puerto, y también para los asiduos locales que tienen sus mesas apartadas desde que el tiempo es tiempo.

Desayunamos huevos tirados (una especialidad de la casa: revueltos con frijoles y trocitos de tocino), acompañados por plátanos machos refritos, pan dulce, conchas con más frijoles y cafés lecheros espumosos y sonoros.

Cada vez que vuelvo, repito la experiencia y siento que mis padres están ahí, en la mesa, sonriendo y diciendo, como siempre: «¡Solo Veracruz es bello!».

Y luego, rumbo al mediodía, nos íbamos a la playa de Mocambo, que está muy cerca. En el hotel del mismo nombre —una construcción preciosa y grande— comíamos pescado a la veracruzana, cazuelas de mariscos, aguas frescas de piña, y rematábamos con unos buñuelos espectaculares.

El Hotel Mocambo, construido en 1938 por el arquitecto exiliado español Jesús Martí Martín, se alzó sobre la colina más alta de la costa alrededor del puerto (lo que lo hacía inaccesible a los curiosos). Fue el favorito de Lara, quien llevó ahí más de una vez a María Félix en los años cincuenta. Y muy pronto se volvió el lugar consentido de la sociedad veracruzana, y había filas inmensas para entrar a escuchar y bailar los fines de semana con grandes orquestas en una inmensa terraza frente al «rinconcito donde hacen su nido las olas del mar», como dice Lara.

Un lugar fantástico, con grandes espacios abiertos, que hoy sigue siendo un espléndido ejemplo de arquitectura frente al mar, aprovechando el aire para mantenerlo fresco y entrañable.

La comida veracruzana y su magnífico café —uno de los mejores del país— son un gran ejemplo de sencillez y honestidad frente a un mundo gastronómico que tiende a la superficialidad o al minimalismo innecesario y pomposo. Prueba de ello es uno de los platos insignia del estado: el arroz a la tumbada, que contiene arroz, jitomate, cebolla, chile guajillo, cilantro, epazote, chipotle, chile verde, mantequilla, pescado, camarón, jaiba, caracol, calamar, ostión, cangrejo y pulpo. Una sinfonía de sabores que se conjugan en un plato muy marinero (hecho, aparentemente, por primera vez en una lancha de pesca). No tiene los granos de arroz sueltos como la paella, ni melosos como el risotto: se acerca más bien a un caldo sustancioso y poderosísimo, capaz de levantar a un muerto.

En la Ciudad de México lo he comido en La Embajada Jarocha (Zacatecas 138, colonia Roma Norte), y he de decir que les sale bastante bien. Ahí celebramos el cumpleaños de la actriz y amiga, Pilar Padilla, pareja de otro amigo, Hugo Villa, y desde entonces se volvió nuestro lugar perfecto para las celebraciones y el jolgorio.

En otro rincón de Veracruz, alejándonos de la costa, se encuentra la población de Xico, donde se hace un mole delicioso, un poco más dulce que el poblano y muy sabroso: el «mole de novia».

En el primer tomo ya hablé de El Bajío y su jefa y creadora, Carmen Ramírez Degollado «Titita». Cualquiera de los platillos veracruzanos que se sirven en alguna de sus sucursales es una garantía absoluta: ya sea en Azcapotzalco (avenida Cuitláhuac 2709, en la colonia Obrero Popular, la casa donde nació todo) o en Madrid (Españoleto 10, barrio de Almagro). Pero yo tengo una debilidad: las infladas de frijol. Masa de maíz con frijoles adentro, sumergida en manteca de cerdo hirviendo; se infla —como su nombre lo indica— y es una delicia que, por su sencillez, merecería un monumento.

Y me voy con el Flaco de Oro, entonando la última estrofa de su himno a Veracruz:

> Veracruz, son tus noches
> diluvio de estrellas, palmera y mujer.
> Veracruz, vibra en mi ser
> algún día hasta tus playas lejanas
> tendré que volver…

Guerrero

> Por los caminos del sur,
> vámonos para Guerrero,
> porque en él falta un lucero,
> y ese lucero eres tú.
>
> José Agustín Ramírez

Acapulco tiene, desde mi punto de vista (y del de otros también), la bahía más bella del mundo. Pasé muchas vacaciones de mi vida ahí y fui —sin dudarlo—, feliz en todas ellas. Desde los años cincuenta se convirtió, por su clima, paisaje y gastronomía, en el lugar preferido de los vacacionistas, incluyendo a varias estrellas de Hollywood que lo convirtieron en su refugio.

El Hotel Los Flamingos, en lo más alto de un risco de 137 metros de altura y fundado en 1930, tiene una de las vistas más espectaculares del mundo. De él —y del puerto—, se enamoró Johnny Weissmüller, que como nadador ganó cinco medallas de oro olímpicas y una de bronce, cincuenta y dos campeonatos nacionales estadounidenses y se hizo de un total de sesenta y siete récords mundiales. Pero tal vez el mundo entero lo recuerde como el mejor Tarzán del cine de todos los tiempos.

Debutó con la MGM en 1932 con *Tarzán de los monos* y filmó con ellos doce películas más; la última *Tarzán y las sirenas* (1948), fue rodada en Acapulco, lugar del que quedó prendado. Regresó en 1954 con sus amigos John Wayne, Red Skelton y Fred McMurray, y juntos compraron Los Flamingos.

Tarzán mandó construir una casa redonda adentro del hotel, porque —según él— hay una tradición masái que dice que en las esquinas viven los malos espíritus. Vivió ahí hasta su muerte en 1984. Tuve la suerte de estar con él brevemente en 1980, en su refugio. Aquejado por el Alzheimer, estaba convencido de que era el rey de los monos. Y yo estoy convencido de que lo era. Su platillo favorito era el pozole verde guerrerense, del que hablaré más adelante.

Dicen que el coco loco —esa bebida con ginebra o ron, servida adentro de un coco y coronada por una flor muy coqueta—puede dejar tirado al más plantado. Y parece ser que fue inventado en el bar del hotel.

Otra actriz que cayó rendida ante el puerto fue Elizabeth Taylor, quien celebró su boda, por todo lo alto, con el productor Mike Todd, el 2 de febrero de 1957, en Las Brisas, otro ícono del puerto, también ubicado sobre un risco. Mi queridísimo amigo Francisco Haghenbeck —gran escritor que lamentablemente ya no está con nosotros—, y yo hicimos un programa para la serie *La historia se sienta a la mesa*, del canal gastronómico El Gourmet, y en él contó que en esa boda se comieron cocteles de camarones acapulqueños, langostas, caviar... y se coló también un pescado zarandeado. También relató —mientras veíamos el atardecer— que para amenizar el evento cantó el amigo de Todd, Eddie Fisher. Todd murió trágicamente en un accidente de aviación el año siguiente, y poco después Fisher se casó con Taylor. Ocho maridos tuvo Elizabeth e incluso se casó con Richard Burton dos veces, supongo que aplicando la lógica de prueba y error.

Y aquí entran los cocteles de camarón, con fanfarrias y toda la cosa. Se pueden encontrar en el puerto, desde el restaurante más elegante hasta el carrito de la equina. Y tienen un secreto.

Camarones frescos cocidos, salsa de tomate dulce (no diré su nombre porque no me gusta, pero todos la conocen: se les echa a las hamburguesas, *hot dogs* y alguna otra cosa que quieras estropear, aunque en el coctel acapulqueño queda muy bien), cebolla y jitomate picado, chile verde también picado, aguacate en trozos y... ¡un chorro de gaseosa de naranja!

Sí, ese es el secreto. Y no me pregunten más, solo pruébenlo. Denle, como dicen mis amigos más jóvenes, una oportunidad.

Fuimos a una escuela normal rural en Iguala, en septiembre de 2008. Gerardo Tort presentó su documental sobre Lucio Cabañas (*La guerrilla y la esperanza*), Fritz Glockner hizo lo mismo con su libro y yo fui, como acompañante solidario, a charlar con los estudiantes sobre Guerrero, su historia y todas las terribles cosas que sucedieron ahí durante los años setenta.

Pero primero nos invitaron a comer. Era jueves, y los jueves en el estado son «jueves pozoleros», en los que también se come el famoso y tradicional pozole verde. Hecho con tomate, semillas de calabaza molidas, chile serrano, epazote, manteca, carne de cerdo y —por supuesto—, maíz ancho, resulta una delicia incomparable. En Guerrero, todos los jueves son días de fiesta. Comimos, mucho. Y luego nos ofrecieron mezcales con damiana (un licor salido de un arbusto del mismo nombre), bebida a la que muchos le atribuyen poderes para restituir el apetito sexual... que no sé si será cierto, pero pega con tubo, sobre todo mezclada.

Fueron muchos mezcales y casi no llegamos a la presentación, que fue muy emotiva y esclarecedora en tantos sentidos. La recuerdo con inmenso cariño, a pesar de la nube de pozole, mezcales y damianas que revoloteaba en nuestras cabezas.

Muchos veranos los pasé en la Costa Chica de Guerrero con entrañables amigos, en los ya míticos Contreras Tours, organizados por mi amigo, el gran fotógrafo Carlos Contreras. Particularmente en Playa Paraíso, muy cerca de la llamada Hacienda de Cabañas, en campamentos multitudinarios donde nunca éramos menos de veinte. Ahí comí decenas de veces pescado zarandeado: un pescado abierto, puesto en una rejilla, aderezado con una salsa de chiles guajillo y de árbol, más una molienda de jitomate, y luego colocado cariñosamente sobre las brasas.

Cada vez que lo huelo cerca, recuerdo esos dulces tiempos en que éramos mucho más jóvenes y creíamos que se podía cambiar al mundo.

No lo logramos, pero el mundo tampoco pudo cambiarnos a nosotros. Y con eso, me doy por bien servido.

En Puebla se come espectacularmente. Punto.

En el capítulo que sigue hablaré extensamente del Barroco y del maravilloso mole poblano, así que aquí me limitaré a un par de reminiscencias, si me lo permiten.

Por allá de 1990, mi padre fue invitado como jurado al Festival Nacional del Chile en Nogada, ese platillo exuberante y enloquecido que, según se cuenta, fue preparado por primera vez en uno de los tantos conventos de la ciudad capital para agasajar a Agustín de Iturbide y su Ejército Trigarante, que llevaba como bandera los colores verde, blanco y rojo: el verde por la esperanza, el blanco por la paz, y el rojo en memoria de la sangre derramada durante la gesta independentista. Hay otras versiones, pero esa me gusta.

El arqueólogo Eduardo Merlo, del Instituto Nacional de Antropología e Historia, sostiene que la historia es falsa: que el platillo es mucho más antiguo y que originalmente era considerado un postre. Sin embargo —cuenta Merlo—, las monjas del Convento de Santa Mónica, enteradas de que Iturbide visitaría la ciudad el día de su cumpleaños, decidieron aprovechar el momento. En una entrevista de 2021 para el periódico *Milenio* dice lo siguiente:

> Las monjas escucharon la historia y con mucha inteligencia elaboraron el postre (que ya existía), pero lo bañaron en salsa de nuez de Castilla, lo que le daba blancura y le pusieron verde el perejil y roja la granada [...], se llevaron al postre a la casa del obispo donde fue el banquete y le dijeron al

caudillo: «Mire, ya tiene la bandera de las Tres Garantías». No sabemos qué dijo, pero le debió haber gustado, porque el distinguido señor al terminar de comer pidió a gritos un lugar para su siesta.

Sea como haya sido, el chile en nogada es un chile poblano relleno de picadillo de cerdo y res, con manzana, durazno, pera, plátano macho, pasas, piñones, jitomate y especias como clavo, canela, tomillo, sal y pimienta. Se cocina en manteca de cerdo y se baña al final con una salsa de nuez de Castilla. Se adorna con perejil y semillas de granada.

Y luego viene la gran pregunta: ¿capeado o sin capear? He ahí el dilema. Hay discusiones al respecto que han llegado hasta los golpes. Mi amigo Gerardo Tort dice que en su familia poblana se jura que son sin capear, y yo me los como encantado… aunque también los capeados. Así quedo bien con Dios y con el Diablo.

Llegamos con mi padre al festival, en pleno zócalo poblano, poco antes de la comida: era un verdadero jolgorio de cocineras y cocineros, cada quien frente a su mesa, trabajando en una suerte de herradura inmensa. Presentaron a los jurados y «el jefe» dijo al micrófono que yo era su «adjunto» (lo miré interrogante, pero no dije nada).

Había cincuenta y tres competidores que tenían sus platillos perfectamente presentados. Cada jurado debía pasar y probar un pedacito. Mi papá lo hizo con cinco chiles y luego declaró que su «adjunto» probaría el resto. Sonrojado —y sobre todo sorprendido— acepté el reto. Y como me daba vergüenza con los participantes, cada vez que probaba uno tomaba con el tenedor una generosa porción. ¡Cuarenta y ocho veces!

Tuve, por supuesto, una indigestión monumental y pasé dos días sin probar bocado, más que unos jugos. Ganaron quienes lo merecían, creo, pero yo tardé un par de años en volver a probar un chile en nogada… que, aun así, me encanta.

El mejor chile en nogada que se puede comer en la ciudad de Puebla de Zaragoza, en mi opinión, está en Casa Reyna (Privada de la 2 Oriente 1007, Centro Histórico; https://www.casareyna.com/es/restaurante/). Durante la temporada —que va de mediados de julio hasta finales de septiembre— te entregan incluso una tarjetita con el número de chile que te comiste. Yo tengo un mazo de tarjetas singular. Me parece el más sabroso, el mejor preparado, y las porciones siempre son abundantes.

Fuimos mucho a Puebla a lo largo de nuestra vida. Mi primer libro de poesía, *Recetas para el desastre*, fue editado allá por mi amigo Fritz Glockner, que se volvió loco y tiró tres mil ejemplares (que, afortunadamente, se vendieron). Y he decir que su madre, Gloria, hace unos chiles en nogada memorables. Pero no pondré aquí su dirección, para evitar que se haga una fila frente a su casa.

Cada vez que íbamos a Puebla, al caer la tarde, mis padres desaparecían misteriosamente. Pero siempre sabíamos dónde encontrarlos: en la esquina de 2 Sur y 5 Oriente, a un paso de la catedral, en La Churrería, fundada en 1960, con sendas tazas de chocolate caliente en las que remojaban churros espolvoreados con azúcar y canela. A decir de ellos —y yo mismo—, los mejores.

No había pierde. Imelda y yo, cada vez que volvemos a Puebla, nos escapamos de cualquier compromiso y acabamos ahí, felices. Porque en cada bocado azucarado está la benigna y maravillosa presencia de mamá y papá, iluminando el mundo.

Morelos

La capital de este estado, Cuernavaca, es conocida como la «Ciudad de la Eterna Primavera». A solo unos setenta kilómetros de la Ciudad de México, es el lugar perfecto para pasar los fines de semana. Eso hice yo durante muchos años, porque mis padres se habían comprado una hermosa casa en Jardines de Ahuatepec (sobre la carretera rumbo a Tepoztlán), y ahí hubo fiestas interminables y muchas comidas que quedarán para siempre en el recuerdo.

Morelos no presume de una gastronomía ostentosa, sin embargo, lo que da su tierra pródiga es una verdadera alacena natural: jitomate, aguacate, granos, epazote, hierbas aromáticas, nopales y abundante caña de azúcar, que llena los ingenios de la zona para convertirse en aguardiente o en el endulzante que lleva su nombre.

Si visitas un mercado de cualquiera de sus pueblos, encontrarás espléndidas quesadillas (con mucho más que queso), y que en temporada de lluvias se enriquecen con gordas y sabrosas setas y hongos propios de la región. Pero hay un elemento fundamental, y por el cual muchos viajan hasta allá para probarlo: la cecina.

La cecina es carne de res, cortada muy finamente en largas tiras y puesta a secar al sol. Dos lugares se disputan el sitio de honor en cuanto a sabor y textura: Yecapixtla y Tetela del Volcán, y hay agrias discusiones al respecto. En ambos sitios la sirven de la misma manera: acompañada con tajadas de aguacate, crema, queso fresco y una salsa picante —verde o roja—, por supuesto con tortillas para armarse el taco. No se lo digan a nadie, pero prefiero la de Tetela: más jugosa. Pero en gustos se rompen géneros y convenciones de cualquier tipo.

Hay un sitio maravilloso en la carretera que comunica a Cuernavaca con el puerto de Acapulco. Se llamó durante toda la vida «Fonda Cuatro Vientos» (Autopista México-Acapulco, Alpuyeca, Morelos, kilómetro 107), pero como surgieron tantos imitadores que usaron el nombre sin recato, se lo cambiaron a «Fonda107» (http://www.fonda107.com). Aunque, claro, todo el mundo la sigue llamado como la memoria le dicta. Ahí se sigue comiendo cecina con todos los acompañamientos antes descritos, además de unas bolitas de requesón calentadas en el comal que saben a gloria, y otros manjares tan sencillos que por eso mismo son brillantes. Siempre que pasamos, paramos. Y siempre nos damos unos atracones espectaculares.

Nuestro gran y querido amigo José Iturriaga de la Fuente —historiador, gastrónomo y excelente escritor— nos invitó una vez a su casa de Morelos a disfrutar de un verdadero prodigio culinario. Era Semana Santa y decidió ofrecernos una ensalada que recuerdo con inmenso cariño: la ensalada de Corpus Christi. Y quién mejor que el propio Iturriaga para describirla. Con su permiso, transcribo aquí, sin pudor, fragmentos del artículo que publicó en *La Jornada Morelos* el 30 de abril de 2023:

> La ensalada de Corpus Christi es de abundancia frutal y de verdura, como los rebosantes huacales característicos de ese día asignado al Santísimo Sacramento. El dogma señala que el cuerpo de Cristo nutre el alma a través de la comunión; platillos como este nutren al cuerpo que recibe semejante variedad exuberante de alimentos de la tierra.

Esta exquisita receta, ciertamente muy rara, es una ensalada salada, no un tutifruti, y ella es el eje del banquete, como ya lo destacamos. Veámosla:

Ingredientes (todos en un volumen igual): dientes de elote tierno cocidos; calabazas en pedacitos, cocidos; chícharos cocidos; pepinos crudos pelados, en pedacitos, sin semillas (solo se usa la pulpa maciza); aguacates pelados, en pedazos un poco más grandes, para que no se batan; peras peladas, en pedazos; duraznos frescos pelados, en pedazos; capulines; limón exprimido, aceite de oliva al gusto (debe gustar mucho) y sal.

Manera de hacerse: Todo se revuelve, sin batirse. Los secretos de cada ingrediente son fundamentales:

- Los elotes deben ser muy tiernos y jamás de lata; saben diferente. Si voy a necesitar una docena, compro dos docenas en el Mercado López Mateos, las cuezo y al ir desgranando cada mazorca, sus granos los clasifico en tres platos: tiernos, medianos y duros. Solo uso los tiernos para la ensalada y con los demás hago sopa de elote, que me encanta.
- Las calabazas primero se cortan crudas en pedacitos (de un centímetro por lado, aproximadamente) y luego se cuecen sin que se ablanden, para que no suelten su jugo.
- Los chícharos deben ser frescos y tiernos, cocidos. Asimismo, nunca de lata (pero hay unos precocidos congelados, buenísimos).
- El aguacate debe estar en su punto de madurez, pero sin blanduras.
- La pera ideal es la llamada *de mantequilla*, muy dulce y suave: no usar una variedad dura. La Anjou le queda muy bien.
- Los duraznos deben ser *criollos*, muy dulces y sápidos, duros

y de subido color anaranjado, nunca de esos muy jugosos e insípidos que ahora se importan.

- Los capulines deben estar bien maduros; se ponen enteros, con hueso.
- El aceite de oliva, en generosa dosis, que sea extra virgen (primera molienda a presión). Para este platillo (y para cualquier platillo festivo), déjense de lado las dietas.
- Úsese limón agrio, del pequeño; nada de vinagre.
- Suficiente sal (este notable fijador de sabores es indispensable para nuestra ensalada, sin escatimar. Mi padre repetía con frecuencia, en un italiano de su cosecha: «La ensalata bien salata y bien meneata»).

Recuérdese que la pera, los duraznos y los aguacates se oxidan y se oscurecen si se pelan con mucha anticipación. Todos los ingredientes se mezclan con cuidado.

La ensalada de Corpus Christi se sirve con largueza en el plato principal y se acompaña con pequeñas milanesas de ternera, en un plato mediano adicional.

En toda mi vida, solo una vez he visto ensalada de Corpus fuera de mi casa. Ello fue en la ciudad de Querétaro, en una muestra culinaria de una escuela de gastronomía que ofreció platillos *de rescate* (pues esta ensalada es barroca, del siglo XVIII). Las variantes con respecto a la mía eran que tenía cebolla picadita y no tenía capulines. Estaba rica, pero me quedo con la de mi abuela.

Y así la sirvió José, con pequeñas milanesas a un lado. Tal vez no sea una receta morelense, pero yo solo la he comido en su casa, chupándome los dedos, en ese territorio fantástico e imaginativo que se llama Iturriaga de la Fuente.

Tlaxcala

Es el estado más pequeño de nuestra gran república, con una terrible leyenda negra a cuestas. Muchos consideran «traidores» a los tlaxcaltecas por haberse aliado con Cortés contra el Imperio mexica. Pero hay que recordar que Tlaxcala no era un pueblo tributario de los mexicas: vivía en permanente estado de guerra, su territorio estaba rodeado por aliados de Tenochtitlan, y tenían prohibido, por ejemplo, usar sal o algodón, así como comerciar con otros. Su alianza con Cortés no fue una «traición» a México —porque México no existía aún—, sino una oportunidad para sacarse de encima al temible pueblo mexica.

También es importante recordar que los españoles no fueron recibidos con alegría por los tlaxcaltecas, ni mucho menos. Antes de aliarse, tuvieron con ellos cruentas batallas. Su alianza fue el resultado de un proceso largo y doloroso.

Su historia gastronómica también es compleja. En un territorio sin selvas, grandes bosques ni ríos poderosos, los tlaxcaltecas supieron aprovechar todo lo comestible que su árida geografía les ofrecía. Lo convirtieron, al fin y al cabo, en una tradición culinaria notable, que habla de muchas maneras de su existencia voluntariosa.

Roxana Zepeda, periodista gastronómica, escribe en la página de la revista *Gourmet de México* (https://gourmetdemexico.com.mx) un interesante artículo titulado «Tlaxcala, el origen del mestizaje culinario del altiplano», del cual copio algunos fragmentos con su debido crédito y mi agradecimiento:

Aún es posible probar, como desde hace siglos, verdaderas joyas gastronómicas como los gusanos de maguey. También el infaltable pulque y sus «curados» (que en algún momento del siglo XX llegó a representar un ingreso importante para el estado).

Por su parte, la hueva de la hormiga chicatana o arriera que llamamos escamoles. Estas delicias se pueden probar durante casi todo el año.

[...] Por ejemplo, el pollo Tocatlán, creado en la población de ese nombre, consiste en envolver el ave en hojas de mixiote acompañada con hoja santa o de aguacate, manteca y vegetales de la milpa. Un platillo que cobró popularidad desde hace medio siglo, como recuerda la cronista de la ciudad de Tlaxcala, la maestra Carolina Figueroa.

La historiadora refiere también la sopa espesa, llamada Tlatlapas, cuya base es el frijol tostado, molido y frito en manteca, al que se le añade chipotle, epazote y nopales. Pocas sopas son tan tlaxcaltecas como esta.

[...] Y aunque varios se disputan su paternidad, investigaciones apuntan a que el famoso taco de canasta vio la luz en San Vicente Xiloxochitla, a solo media hora de Tlaxcala capital.

Ahí, desde los años setenta, todas las mañanas un camión llevaba a vendedores, sus bicicletas y sus canastas de tacos a distribuirlos por diversos puntos de la Ciudad de México, ya en la tarde regresaban juntos a su poblado original.

Así fueron conocidos estos tacos al vapor, rellenos de papa, frijol o chicharrón, a los que se le fueron añadiendo ingredientes apetitosos que enriquecieron la culinaria primero del centro y luego de todo el país.

En este texto encuentro la gran sorpresa del origen de los tacos de canasta, de los que yo estaba convencido que eran absolutamente chilangos. Me siento ahora mismo a leer —y los invito a hacerlo— *La culpa es de los tlaxcaltecas*, el maravilloso cuento de Elena Garro, y, sobre todo, a olvidarnos de atavismos culturales heredados para intentar ver la historia desde otra perspectiva.

Ciudad de México

Mi casa desde que nací. Territorio inabarcable, caótico, creador de ilusiones y también de tragedias cotidianas. Esa que amo, sufro y disfruto a partes iguales. En los dos tomos de estas memorias está presente todo el tiempo, así que aquí solo diré un par de cosas sobre ella.

No existe un platillo representativo de esta monumental urbe, pero si lo hubiera, tal vez sería el taco al pastor: esa mezcla ecléctica y magnifica, resultado de nuestros sincretismos y mestizajes. Hecho con carne de cerdo (llegado de Europa) marinada en salsa de chiles y achiote (muy mexicanos ambos), acompañada de un trocito de piña (que proviene de Sudamérica), cebolla (venida de Asia), cilantro (llegado del Oriente Medio) y, por supuesto, tortillas de maíz, nuestras, muy nuestras. Y claro, la salsa verde o roja, otra mezcla, aunque en esencia compuesta por chiles nacionales.

El taco al pastor es refugio y tabla de salvación para quienes han pasado una o más noches de copas y lo encuentran reconstituyente y llenador (pero también para los hambrientos y antojadizos, como yo mismo). Es por las noches y madrugadas cuando los establecimientos que prodigan estas maravillas están llenos hasta los topes.

Hay una taquería llamada El Tizoncito, cuya publicidad afirma que ellos inventaron el prodigio. Lo cierto es que la forma de hacerlo —en «trompo», con carnes ensartadas y apiladas en una sólida barra de metal que gira frente al fuego o los carbones encendidos— es de origen árabe, sin duda: así se elabora el *shawarma* o el kebab, que nosotros tropicalizamos y transformamos en algo muy nuestro. Como lo dicen en su propia página (https://eltizoncito.com.mx), es una taquería en donde me estaciono cada vez que tengo la mínima oportunidad, después de presentaciones o conciertos. Y no me como menos de siete. ¡Una joya!

Los tacos al pastor de la Ciudad de México no tienen igual. Y miren que los he probado en diversas partes de nuestra geografía, pero no he obtenido los resultados y la satisfacción que los de aquí me brindan. Algún misterio habrá que no puede resolverse.

Otro plato que aparentemente es chilango es el llamado caldo tlalpeño, un consomé con pollo, garbanzos y zanahorias, coronado con aguacate, chile chipotle y, a veces, queso. Se dice que fue inventado en Tlalpan, una de las demarcaciones del sur de la ciudad. La revista *México Desconocido* (https://www.mexicodesconocido.com.mx) tiene un artículo titulado «Caldo tlalpeño, el controvertido origen de este platillo muy mexicano» que cito a continuación:

> ...Y a pesar de que su nombre indica que es un platillo originario de Tlalpan, en la Ciudad de México, otros estados reclaman su invención.
>
> Cuenta la leyenda que este platillo surgió en el siglo XIX para curar una cruda del entonces presidente Antonio López de Santa Anna, entre 1833 y 1855. De acuerdo con el cronista de Tlalpan Manuel Valdespino en entrevista para *El Universal*, lo que antes fue el antiguo pueblo de San Agustín de las Cuevas, cambió su nombre por el de Tlalpan en 1827 y, a partir de esa fecha, sus pobladores fueron conocidos como tlalpeños.

> Asimismo, se sabe que Santa Anna tenía una casa de descanso en Tlalpan y no se perdía las fiestas de Pascua del Espíritu Santo, famosas por sus peleas de gallos, apuestas y un sinfín de excesos. Incluso algunos historiadores cuentan que tenía su propio criadero y organizaba en su casa las peleas de gallos apostando onzas de oro y plata.
>
> En consecuencia, tras una de esas noches de juerga, el entonces presidente le pidió a su cocinera algo que lo ayudara a sobreponerse de la resaca y la mujer, con verduras del huerto y dos pollos frescos creó el famoso caldo que sirvió en un enorme plato de barro.
>
> Parece que el platillo prácticamente resucitó a Santa Anna, quien quedó maravillado por sus ingredientes, consistencia, temperatura y picor. Más tarde, al preguntarle a la mayora el nombre de tal exquisitez, ella respondió sin más: «¡Caldo tlalpeño, señor!».
>
> [...] El resto es historia, la receta se dio a conocer entre los habitantes de Tlalpan y con la llegada del tranvía en el siglo pasado, muchas personas empezaron a probar el humeante caldo, pues era común que afuera de la estación se colocaran puestos callejeros ofreciéndolo, hasta que toda la ciudad lo conoció y luego trascendió al resto del país.

La verdad es que es una leyenda, pero de esas leyendas que valen la pena.

En esta ciudad se puede comer cualquier platillo del resto del país, e incluso de casi cualquier parte del mundo. Pero terminaré esta entrada con las famosas «quesadillas sin queso».

A pesar de su nombre —que implicaría queso, por supuesto—, en mi ciudad se pueden pedir quesadillas de muchas cosas: tinga, hogos, pollo, picadillo y otras joyas. Cada vez que llega alguien de otro estado, o incluso de otro país, se sorprende con ello. Y yo no puedo explicarlo, ni explicármelo. Es uno de esos misterios que guarda la muy noble y leal Ciudad de México. Mi casa. La cual, no puedo evitar decirlo, disfruto enormemente.

Estado de México

Su capital, Toluca, es famosa por el chorizo verde. Sí, ¡verde! Como lo oyen: de un verde profundo, aromático y de sabor esplendoroso.

Paloma García Castillejos, de *Animal Gourmet*, se dio a la tarea de averiguar en 2019 cómo está hecho este chorizo, y yo, sin pudor, transcribo parte del artículo de su autoría:

> Para tener un buen embutido se necesitan cuatro cosas básicas: tripa, carne, sazonadores y tiempo. Se le llama tripa al intestino delgado de cerdos que se utiliza como empaque del chorizo. En muchos casos ya se utiliza plástico, sin embargo, la ventaja del primero es que no hace falta pelarlo y lo hace comestible en su totalidad.
>
> La carne debe ser molida y preferentemente de cerdo, aunque algunas personas le agregan algo de res. Lo que sí es absolutamente necesario es que tenga un porcentaje de grasa alto para que se conserve mejor y tenga buen sabor.
>
> La receta de la sazón varía de carnicero a carnicero. Hay algunos ingredientes constantes como el cilantro, el chile serrano y el tomatillo. Como valores agregados hay quien lo prepara con orégano, espinaca, pepita de calabaza, chiles poblanos, cebolla y ajo.
>
> Como todo chorizo, se embute en la tripa sin dejar pasar aire y en porciones pequeñas divididas por un nudo o bien, hilo de cocina. Para que dure más tiempo se puede dejar secar al aire libre o mantenerse en refrigeración.

Resuelto el enigma, diré que las mejores tortas de chorizo verde que he comido en mi vida se encuentran en el centro de la ciudad. El famosísimo local se llama La Vaquita Negra del Portal (calle Nicolás Bravo Sur 124 B, colonia Centro), y siempre está a reventar. Pero sin duda vale la pena la espera: es visita obligada.

En un reportaje publicado por el periódico *La Jornada Estado de México* (https://lajornadaestadodemexico.com), firmado por Brian Prado el 26 de junio se de 2024, se da cuenta de la importancia de la comida mexiquense. Comparto un fragmento:

> La cocina tradicional mexiquense, rica en sabores y técnicas ancestrales, ha sido reconocida oficialmente como Patrimonio Cultural del Estado de México, una distinción que subraya su importancia histórica y cultural para la región y el país.
>
> El Instituto Nacional de Antropología e Historia (INAH) ha documentado extensamente la evolución de la gastronomía mexiquense, destacando su raíz prehispánica y la influencia de ingredientes locales como el maíz, los frijoles, el chile, y las diversas hierbas y especias autóctonas. Platillos emblemáticos como los tlacoyos, los tamales y el mole de olla no solo son representativos de la dieta cotidiana, sino también de las celebraciones y rituales de las comunidades mexiquenses.
>
> El Catálogo de Patrimonio Culinario, Secretaría de Cultura del Estado de México, 2024 ha llevado a cabo un detallado censo gastronómico, identificando más de cincuenta platillos típicos que conforman el patrimonio culinario de la región. Entre ellos, destacan el chorizo de Toluca, el obispo de Tenango

y el famoso ahuautle (caviar mexicano), cuya preparación y consumo se remonta a épocas prehispánicas.

Y aquí me van a permitir meter mi cuchara. Se habla mucho de la dieta prehispánica y de que habría incluido una gran variedad de insectos, pero eso no es del todo cierto. La alimentación esencial de los antiguos pobladores estaba basada en maíz, frijoles, calabaza, semillas de chía y girasol, tubérculos, tomates, aguacate, chile, así como pescados, codornices, aves, conejos, liebres y guajolotes. Los insectos, en cambio, se consumían en caso de gran necesidad, y no como los manjares que hoy nos quieren vender. Fray Bernardino de Sahagún, en el Prólogo del Libro XI de su *Historia general de las cosas de Nueva España*, describe en los siguientes términos el territorio del actual México: «Un jardín poblado, de todos árboles fructíferos y de todas maneras de hierbas, donde hay fuentes, ríos de diversas maneras. Está lleno de aves, animales y peces de todo género». Con tanta riqueza, ¿para qué comer insectos?

Y, sin embargo, se comen (igual que, en voz de Galileo Galilei, «se mueve la Tierra»).

A decir de José Manuel Pino Moreno, entomólogo del Instituto de Biología de la UNAM, nuestros ancestros también se alimentaban con una gran diversidad de insectos: gusanos de maguey, escamoles, chapulines, ahuautle, axayácatl y jumiles que provenían tanto del medio terrestre como del acuático. Y no seré yo quien lo desmienta.

He comido insectos en muchas y variadas formas, pero me atrevo a decir lo siguiente: a excepción de los gusanos de maguey —que me parecen deliciosos—, los demás no tienen mucho chiste (incluido un enorme alacrán que me comí en el Mercado de San Juan). El famoso ahuautle mexiquense, llamado «el caviar mexicano», es el huevecillo de esa chinche de agua llamada axayácatl y, francamente, no me parece nada del otro mundo.

Si me lo permiten, me quedo con las tortas de chorizo verde.

Hidalgo

En cuanto uno toma la carretera hacia Pachuca, capital del estado, empieza a ver a los costados grandes lonas, generalmente de color naranja, que cubren ingeniosamente mesas y sillas de plástico dispuestas sobre la tierra. Y un enorme letrero que anuncia: «Barbacoa de hoyo».

Yo siempre me detengo, porque sé que ahí hay una tradición que se remonta a nuestro pasado remoto y que hace las delicias de eso que somos: el Goloso Mestizo, como me llama —y también se llama a sí mismo, jocosamente— Rodrigo Llanes, chef, académico, restaurantero, sabio investigador y mi amigo.

Porque uno no puede ignorar el llamado de la carne (y me refiero a todas las carnes), y porque sabemos que en ese agujero en la tierra se cocina, con paciencia, sabiduría y cariño, trozos de borrego envueltos en pencas de maguey y sobre carbones encendidos: la famosa barbacoa hidalguense. Un lujo de inteligencia y sencillez.

He comido muchas y muy buenas barbacoas, acompañadas siempre con salsa «borracha», esa que lleva chile pasilla, cebolla, ajo, tomate y un toque de cerveza o pulque —de ahí su nombre—, y que realza el sabor del borrego, de carne blanca y jugosa, que pasó horas enterrado para luego volver a la vida; y nosotros con él.

A siete kilómetros de Pachuca esta Pachuquilla, cabecera municipal de Mineral de la Reforma, cuyo mercado ofrece no solo barbacoa, sino otras viandas exquisitas: carne de puerco con quintoniles, escamoles, gusanos de maguey y una sopa de malvas (una planta que vino de Europa y que llegó para quedarse, sobre todo en el paladar), que es una delicia.

Pero es momento de confesar una ilusión que, gracias a los buenos oficios de Imelda, se cumplió sobradamente.

Desde niño he sido un seguidor gozoso e irredento de *Asterix el Galo*, el cómic francés creado por René Goscinny y Albert Uderzo en 1959, que ha vendido más de 380 millones de ejemplares en muchos idiomas. Las aventuras de Astérix, un galo en tiempos de la ocupación romana que posee una poción mágica que lo hace invencible, son imaginativas y también esclarecedoras. El héroe tiene un compañero, galo también, llamado Obélix: un gordo inmenso de fuerza descomunal (porque cayó en el caldero de la poción siendo pequeño), tallador y transportador de menhires (esa piedra megalítica que se entierra en el suelo y cuyos rituales concretos se desconocen) y, sobre todo, un tragón de jabalíes asados. Puede comerse los que le pongan enfrente.

Siempre quise comerme un jabalí asado. Lo soñé muchas, muchas veces: en el cómic se veían tan apetitosos como pocas cosas en el mundo. Yo quería ser Obélix, me cae.

Pero nunca lo logré.

Hasta que…

En mi cumpleaños 50, el sueño se cumplió.

Un enorme jabalí fue asado a las brasas en el jardín de mis compadres Diego Genovés y Andrea Stavenhagen. Comimos más de cincuenta amigos en una de las celebraciones más gozosas y divertidas de mi vida.

Me atrevo a decir que fue espectacular. Después de esa ocasión hemos repetido otras veces la experiencia, siempre con resultados fulgurantes.

Imelda contó que el enorme bicho fue traído desde Pachuca, gracias a la sabia mano de Asado Don Abel (https://www.asadodonabel.com), ubicado en bulevar Valle de San Javier 200, colonia Valle de San Javier.

¡Fui Obélix! Y muchos de mis amigos también. El toque mexicano se lo dieron las salsas molcajeteadas —una maravilla— y las tortillas hechas a mano. Pobre Obélix, que nunca pudo probar esta deliciosa variante de su clásico.

Michoacán

Hay que decirlo: la comida tradicional michoacana fue la base con la que se elaboró el expediente que permitió reconocer a la gastronomía mexicana como Patrimonio Cultural Inmaterial de la Humanidad por la Unesco. Y lo celebro.

En su prólogo de 1997 a *Cocina michoacana* de Carmen Arriaga de Zavaleta, Guadalupe Pérez San Vicente, amiga y sabia de la que ya he hablado en estas páginas, dice:

> Los más puros platillos aborígenes, purépechas-tarascos, conviven con viandas orientales y europeas. La influencia mudéjar queda reflejada por igual en los alfarjes de los techos de Angahuan y Naranja, que en la complicada alquimia oriental de unas manitas de cerdo en salsa de ajonjolíes; en el gusto por las especias, y la pastelería grasa y melosa como sultanas de harem.

Comer en Michoacán es, pues, hacer un viaje a nuestro pasado y una celebración permanente del maíz como elemento unificador de nuestros paladares, de norte a sur, en toda la geografía nacional.

Corundas, uchepos, miltamales, nacatamales, metlapiques... todos nombres con reminiscencias prehispánicas que designan las distintas variedades de tamales michoacanos, hechos —por supuesto— de maíz. Su nombre proviene del náhuatl *tamalli*, que quiere decir «envuelto».

Las corundas son triangulares y casi siempre contienen queso o verduras. Se sirven bañadas en salsa verde o roja, con queso Cotija y crema.

Los uchepos, en cambio, son alargados, se preparan con elote tierno y una mezcla de miel. Se envuelven en hojas de maíz todavía verdes.

Los metlapiques son tamales hechos con masa asada al comal y, generalmente, llevan charales (pececillos de laguna) crujientes o pescado blanco, mezclado con un guiso de jitomate, chile y epazote.

Los miltamales —también conocidos como «tamales michoacanos de la milpa»— se hacen con masa de maíz nixtamalizada y se rellenan de calabacitas, chile, flor de alabaza, chayote y epazote.

Yo los he probado todos. Y me he rendido a sus pies.

Pero ha legado el momento de hablar de carnitas.

Aparentemente originarias de Quiroga, Michoacán, las carnitas son uno de los grandes platillos de resistencia en nuestro país. Con los españoles llegaron los cerdos, y aquí fueron devorados con inmenso placer. Junto con el maíz, la cultura del cerdo está profundamente arraigada en nuestras costumbres, y las carnitas son un plato celebratorio de esa mezcla de dos culturas y muchos sabores.

En un gran cazo —tradicionalmente de cobre, aunque también de aluminio— se pone el cerdo troceado: pierna, costilla, maciza, cuero, buche, trompa… casi el animal entero. Se fríe en manteca del mismo cerdo, con un poco de jugo de naranja y condimentos como ajo, sal, pimienta y comino. Se mueve constantemente, durante muchas horas.

El resultado es sorprendente y, faltaría más, se come en tacos.

Hay tres lugares en la Ciudad de México que atesoro para comer carnitas y que son espectaculares. Uno de ellos se llama

El Gran Abanico y se encuentra en la calle Francisco Javier Clavijero 226, en la colonia Tránsito. Puedo decir que, para mi gusto —porque en esto hay tantas opiniones como paladares—, son los mejores de la ciudad: grandotes, jugosos, suculentos. El mismo día que los conocí me comí seis —de surtida, pero sobre todo de costilla y maciza con cuerito— ante la atónita mirada del mesero, quien estaba seguro de que me daría una indigestión (pero no pasó a mayores). El lugar es enorme y bullicioso. Si vas a la hora de la comida, tendrás que armarte de paciencia y tener mucha hambre. Pero en cuanto te sientas, el servicio es muy rápido y efectivo. Si estás en la Ciudad de México y tienes dudas sobre dónde comer carnitas, encamina tus pasos a El Gran Abanico y déjate consentir con su brisa benefactora que huele a comida bien hecha.

El segundo, pero no menos importante es El Bajío de Azcapotzalco (https://www.restauranteelbajio.com.mx/). Me refiero al restaurante original —porque ya tiene muchas sucursales, todas excelentes, ubicado en avenida Cuitláhuac 2709, colonia Obrero Popular. Como ya mencioné, su dueña es mi amiga Carmen Ramírez Degollado, una de las impulsoras más fervientes de la gastronomía mexicana. Cada uno de los platillos que ahí se preparan da cuenta fehaciente de ello: ingredientes sin engaño y manos sabias que hacen las cosas con enorme cariño. Las carnitas (porque así empezó El Bajío) son de primerísima, además de que cuentan con una carta extensa y apetitosa.

Por último, el tercero está en la alcaldía Magdalena Contreras, a cien metros de la glorieta de San Jerónimo. Es mi lugar vecinal de confianza para el tema de las carnitas: El Arroyito II. Se ubica en avenida San Jerónimo 719, colonia San Jerónimo Lídice. La carne es buenísima, en particular las costillas. Y el chicharrón se prepara ahí mismo todos los días. Si andan por los rumbos, dense la vuelta.

Cerrando este apartado, debo mencionar que la diversidad geográfica de Michoacán —que abarca montañas, lagos y costas— está presente en su cocina. En los pueblos ribereños del lago de Pátzcuaro, por ejemplo, es fácil encontrar (todavía) platillos como el pescado blanco y los charales, mientras que en la zona costera brilla por la preparación de mariscos frescos.

En esencia, la cocina de Michoacán es una celebración de la identidad, la creatividad y el vínculo entre los ingredientes, las personas y sus tradiciones. Su riqueza no solo deleita los sentidos, sino que también narra historias, leyendas y mensajes ocultos que se esconden en su comida y que han estado ahí a lo largo de los siglos.

Y solo gana quien se atreve a probar.

Guanajuato

Durante dos años fui coordinador de prensa del Festival Internacional Cervantino de la ciudad de Guanajuato, cuando lo dirigía la queridísima Mercedes Iturbe. Por lo tanto, tuve que pasar un mes de cada edición en esta capital.

Fueron otros tiempos donde no había teléfonos celulares ni, por supuesto, internet, así que todas las noches, luego de las once, mandábamos una camioneta a la Ciudad de México con las notas hechas por los amigos periodistas —en máquina de escribir, que no se imaginan lo mucho que las extraño— y los rollos sin revelar de los fotógrafos de diversos medios.

Al terminar, sin falta nos íbamos a comer unas enchiladas mineras para recuperar las fuerzas que tanta cultura nos mermaba todos los días.

El lugar estaba muy cerca del Teatro Juárez, y me cuentan que ya no existe, pero ahí una mujer mayor, llamada doña Concha, preparaba las enchiladas como nadie. Platillo inventado en la zona para los mineros (obviamente), que, después una agotadora jornada de trabajo en el socavón, recuperaban —ellos sí, en serio— las fuerzas que se emplean en dicho oficio, uno de los más riesgosos y agotadores del mundo.

Son enchiladas rellenas de queso fresco, en salsa de chile guajillo, con papas, col y zanahorias. Muy guanajuatenses, sin duda.

A veces terminábamos la noche en el bar El Incendio, en la calle Cantarranas 15, celebrando —con unas cervezas— al arte, a la inteligencia y a la vida, e irremediablemente haciendo un último brindis por uno de los hijos pródigos del estado, Jorge Ibargüengoitia, que está enterrado en el Parque Florencio Antillón, en el Paseo de la Presa.

Su lápida, muy sencilla y hecha de talavera, reza: «Aquí descansa Jorge Ibargüengoitia, en el parque de su bisabuelo que luchó contra los franceses».

Gran escritor, que con pluma inteligente y ácida, plasmó como nadie los entretelones de la gran farsa que es la política mexicana, particularmente después de la Revolución.

Imperdibles sus novelas *Los relámpagos de agosto*, *Los pasos de López* y *Maten al león*, y su volumen de cuentos *La ley de Herodes*. Pero yo, particularmente, he disfrutado —por su tono nada solemne y su visión crítica y aguda sobre nuestra rancia, aburrida y sosa sociedad— su colección de artículos titulada *Instrucciones para vivir en México*.

Muerto muy prematuramente en 1983, en un accidente de aviación, Ibargüengoitia se perdió todos estos años de tragicomedia mexicana, que le hubieran dado para un montón de libros más.

Es uno de mis santos laicos, que me salvan al invocarlo cada vez que me pongo demasiado serio. En su honor y memoria, corté con una tijera todas las corbatas que alguna vez usé y que me hacían tener, en este bendito país, dos nudos en la garganta (como si uno fuera poco).

¡Cervezas y enchiladas mineras para él!

El Teatro de la República es, tal vez, el lugar de mayor relevancia en la historia de la ciudad. Ahí se promulgó la Constitución Política de 1917, siendo presidente Venustiano Carranza. Cabe mencionar que el año anterior a este importante suceso, la ciudad había sido proclamada como capital de la República. Con sus aciertos y errores —y una buena cantidad de agregados—, es la constitución que nos rige desde entonces.

Yo he estado muchas veces en la ciudad y en el tema gastronómico tiene algunas peculiaridades que vale la pena mencionar.

En casa de una amiga que vive allá, nos sirvieron muy ceremoniosamente un manjar otomí que yo no conocía: el nopal en penca. Dicen los que saben que ese nopal debe tener por lo menos seis meses de maduración, porque si está muy tierno se puede carbonizar al ponerlo sobre la plancha, y si es más viejo, no se cocerá por dentro. El tema es que se abre por en medio y se rellena con jitomate, cebolla, chile, nopalitos (sí, más nopalitos), ajo, sal y pimienta; se coloca sobre la plancha a fuego alto hasta que cambia de color, y luego se voltea y se deja a fuego bajo por cuarenta y cinco minutos. De una sencillez pasmosa y deliciosa.

Luego vino la sopa queretana, que —según la leyenda— se servía a los constituyentes de 1917 para aguantar las largas horas de discusiones y la redacción de la Carta Magna. Lleva caldo de pollo, aguacate criollo, tortilla en tiras, queso rallado, chile serrano y crema. Nada del otro mundo, pero con una historia entrañable detrás.

Mi madre hacía un arroz a la queretana y vaya usted a saber de dónde diablos sacó el nombre o la receta, pero así se conoce en mi casa desde siempre. En una licuadora se prepara una mezcla de chile poblano con crema, que se añade al arroz blanco (que, recordarán, debe tener «el punto» justo). Luego se le pone pollo cocido y se adorna con trocitos del mismo chile poblano de marras. Es una joya: incluso si no es queretano, merecería serlo. De color verde y apetitoso, te saca en minutos de cualquier apuro.

Muchas recetas del estado comparten ingredientes y sabores del centro del país.

Como buen cierre, nos ofrecieron un mejengue, una de las bebidas más tradicionales de Querétaro. Pulque, maíz molido, plátano y piloncillo. Dicen que debe dejarse reposar tres días antes de beberlo, cerca del fuego.

Colima

La primera vez que estuve en Colima fue en el puerto de Manzanillo, a finales de los años setenta. Iba acompañado por mi amigo Rodrigo Bustamante, en un viaje de más de treinta horas en autobús que más bien pareció el mismísimo infierno.

Pero valió la pena, porque llegamos al paraíso. Papá nos había conseguido hospedaje por cuatro días y tres noches, con todo pagado, en un lugar que entonces parecía sacado de un cuento. Este cuento fue protagonizado por Las Hadas.

Todas las construcciones eran de un blanco inmaculado: torres con reminiscencias árabes, grandes tules y gasas desplegadas al viento, albercas maravillosas, muchas chicas en bikini sobre las doradas arenas, y, sobre todo, inmensas mesas repletas de comida, día y noche. ¡Ah!, y Bo Derek (si no saben de quién hablo, hagan inmediatamente una búsqueda): una de las mujeres que causó sensación en el mundo entero gracias a su belleza y a la película *10, la mujer perfecta*, rodada precisamente en ese lugar en 1977. Yo la vi de lejos, y con eso fue suficiente para poblar mis noches de fantasías adolescentes.

Pero el mejor recuerdo y más cercano que tengo es la comida de Las Hadas. Había un área exclusiva para la comida colimense: sopitos (un tipo de sope, pero más gruesos, con carne molida, col, cebolla, rábano, queso y salsa de jitomate), el pozole sin caldo que ahí se servía, el tatemado (carne de cerdo macerada en vinagre de coco y guisada con chile rojo) y la cuachala (maíz martajado y cocido con pollo desmenuzado). Por supuesto, también servían ceviches, lonjas de dorado, pulpo a las brasas y otras delicias de ese mar que estaba a tan solo unos pasos.

Solo ligamos una asoleada impresionante y un par de severas indigestiones. Regresamos en avión.

No he vuelto a Las Hadas desde ese lejanísimo año porque no quiero que mi memoria se vea traicionada, que Bo Derek sea ya una abuelita y que la comida no sea tan espectacular como la recuerdo.

Muchos años después, trabajando en la Coordinación Nacional de Descentralización del Instituto Nacional de Bellas Artes, acompañé al gran Carlos Montemayor a recibir el Premio de Narrativa Colima para obra publicada por su *Guerra en el paraíso*. Como llegamos temprano a la ciudad, Carlos me señaló con el dedo un sitio desde donde, a la distancia, podía verse el Volcán de Fuego y dijo crípticamente:

—Centro botanero.

Y allá fuimos a parar, junto con el chofer que amablemente nos acompañó todo el periplo.

La dinámica es muy sencilla. Pides una copa y te sirven una botana gratis; a la siguiente copa, la botana crece en cantidad y sabrosura; y así sucesivamente.

Entramos a las once de la mañana y salimos a las seis de la tarde. Justo a tiempo para que Carlos recibiera, en sesión solemne, el premio a las siete.

Hay muchos centros botaneros famosos en el estado. Pero uno de los más grandes y famosos es Don Comalón (https://doncomalon.com), en la calle Venustiano Carranza, en el centro de Comala, muy cerca de la capital (y donde no sucede *Pedro Páramo*).

Ahí te dan de botana (insisto: gratis con tu bebida) caldo

de jaiba y camarón, burritos norteños, enchiladas coloradas, flautas, lomo con pepino, tacos de birria, tacos dorados con papa, tostadas de ceviche, tostadas de costilla de cerdo en salsa roja, entre otras maravillas.

Comimos mucho y bien. Colima es generosa.

Jalisco

Todos los años, al final del mes de noviembre, sucede en Guadalajara, capital del estado, la Feria Internacional del Libro. Para mi gusto, la mejor del mundo. Diez días de encuentro entre editoriales, escritores y sobre todo lectores. Diez días en que podemos vernos cara a cara y darnos el abrazo que durante el año solamente sucedió por medio de las letras, pero que aquí se concreta en júbilo y emociones varias. Una verdadera maravilla que no hay que perderse por ningún motivo. Es apasionante, emocionante y divertida. Y, por supuesto, un lugar de encuentro privilegiado con otros colegas, con los que solo podemos encontrarnos en este espacio mágico, que nos llena de energía y de placer.

Y también nos llena, siempre, de magnificas comidas.

Al llegar, invariablemente nos reunimos en un lugar espectacular que queda a unos pasos del recinto ferial llamado Mariscos El Memín (avenida Paseo de la Arboleda 1300, colonia Rinconada del Bosque). Un inmenso galerón atendido por un montón de diligentes chicas, donde se sirven platos más que abundantes de comida del mar. Además, es barato y delicioso.

Los amigos que allá nos encontramos ponemos en el centro de la mesa un kilo de impresionantes y grandes camarones para pelar, tostadas de ceviche, de pulpo, postas de pescado, aguachiles y lo que se nos ocurra.

He tenido que jubilar más de una camisa después de los atracones que allá nos damos celebrando la vida, las letras y la amistad.

Pero tenemos otro ritual. Desde hace muchos años, un grupo de queridos amigos nos reunimos en una birriería en el mítico barrio de Santa Tere, donde está el Mercado Ávila Camacho, uno de los más importantes de Guadalajara. Se trata de la Birriería San Luis Soyatlán, ubicada en Andrés Terán 599 A, colonia Santa Teresita. Ahí se come, para mi gusto, la mejor birria del país. Y sabe aún mejor porque fue el querido Jaume Mor —editor, gestor cultural, agente literario, periodista y, sobre todo, una de las personas más finas y espléndidas que he conocido— quien nos llevó por primera vez.

Lamentablemente, él ya no está entre nosotros. Se fue muy pronto, demasiado pronto. Pero año tras año, mi editora —y sobre todo amiga— Carmina Rufrancos, su hermana Norma y, por supuesto, Imelda, más los que se nos van pegando en el camino, nos reunimos ahí para celebrar su vida y la impronta que dejó en nosotros para siempre.

Comemos y brindamos en su memoria, y agradecemos que haya estado entre nosotros, iluminándonos con sus sabias y atinadas palabras. Lo extraño muchísimo.

Es, tal vez, una de las comidas más memorables que hago cada año y que disfruto como pocas cosas en la vida.

En Guadalajara hay muchos lugares donde se come muy bien, sin duda, pero estos dos están en mi corazón y permanecen en mi memoria.

Aunque confieso que todavía tengo en mi celular el teléfono de la señora que hace los «lonches de cerdo» afuera de la Parroquia de San Juan Bautista de Mexicaltzingo. Lo tengo porque a las ocho de la noche se acaban, y hay que apartarlos. Y justo a esa hora solemos terminar las participaciones en la feria del libro. Son los mejores de Guadalajara —y de todo Jalisco—: tortas hechas con el birote tradicional, con cerdo desmenuzado y una salsa secreta que, por secreta, no develaré aquí. Vayan temprano y pruébenlos.

Nayarit

En diciembre de 2024 fui invitado al Tercer Festival de la Escritura y las Artes Nuestras Raíces, por mi amiga Lorena Elizabeth Hernández, en Tepic, Nayarit.

En el enorme Auditorio Amado Nervo tuve una charla con un montón de jóvenes lectores nayaritas y la pasamos francamente bien.

Pero...

Tal vez el mejor y mayor descubrimiento de ese viaje fue una comida a la que me llevó Lorena en un sitio impresionante: El Marlin de Tepic, que se ubica en calzada del Panteón 45, colonia Centro.

Restaurante familiar por excelencia donde bajándonos, literalmente, del avión, nos atendió su dueño, don Martín Pérez López, dicharachero y bonachón, quien nos abrió las puertas de su feudo con inmensa generosidad.

Lo primero que puso frente a nosotros fue un paté de camarón. Yo generalmente desconfío de cualquier tipo de paté —he visto cómo hacen algunos—, pero este en particular era perfecto: delicioso, untuoso (como debe ser), y sabía exactamente a lo que debía saber. Después de varias porciones en galletas, Lorena me hizo un gesto indicándome que venía mucho más en camino, que guardara fuerzas. Lamentándome, así lo hice.

Lo que llegó a continuación fue uno de los platos que más me han emocionado en la vida, una verdadera revelación que merecería muchas más palabras de las que dispongo: ¡chilaquiles de camarón! Sí, así, con todas sus letras. Una joya que valdría por sí misma muchas estrellas, tenedores, cucharas y memorias para honrarla en su justa dimensión: tortillas en triángulos irregulares, previamente fritas en aceite, bañadas en una salsa de jitomate, cilantro, ajo, cebolla y chile serrano; por supuesto, camarones cocidos y plátanos fritos. Si me preguntaran qué pediría como última cena, sería esta delicia.

De verdad, muy pocas veces un platillo logra hacer que tus papilas gustativas salten de felicidad. Este fue el caso.

Pero los recuerdos se imponen sobre el olvido, y de repente Nayarit aparece en mi cabeza con fuerza.

En noviembre de 1990, de viaje de luna de miel con nuestros compadres Patricia Pino y Juan Contreras (si no somos cuatro, ¿con quién juegas dominó?), nos quedamos en un departamento de mis suegros en Nuevo Vallarta, Jalisco. En el estacionamiento, había una camioneta que nos sirvió para conocer la zona. Al día siguiente de llegar, descubrimos que estábamos en la frontera de Nayarit y, buscando y buscando, caímos en una playa preciosa y vacía, con un letrerito de madera en la carretera que la anunciaba como Los Veneros.

Una palapa y varios kilómetros de playa para nosotros solos.

Una pareja atendía el lugar y nos dio un ceviche de camarón preparado al estilo nayarita (con zanahoria rallada, cebolla, jitomate, chile): glorioso. Y un montón de cervezas, porque era sábado y en Jalisco había ley seca, pero en Nayarit no. El paraíso, pues. Volvimos todos los días que duró el viaje.

Hoy, buscando en la red me entero de que, por ser precisamente el paraíso que era, ahora hay ahí un resort de lujo, inmenso, llamado Los Veneros. Desapareció la palapa y, seguramente, nuestros amigos del ceviche tuvieron que emigrar.

La modernidad a veces es un monstruo implacable y codicioso que aplasta todo bajo su pesada huella.

No olvidaremos esa playa ni esos días dulces y soleados que pasamos allá.

Y con ese sabor de Nayarit en la boca, cierro y aplaudo.

Cuna de uno de los pintores más espectaculares que ha dado México, Saturnino Herrán nació en Aguascalientes en julio de 1887 y murió a los 31 años, en la cúspide de su carrera. Su obra —rica, figurativa, metafórica— es un patrimonio invaluable del estado, de México y del mundo, y motivo permanente de orgullo. Pintó mucho y muy bien. Agonizante, le dijo a su médico de cabecera: «No me deje morir, todavía tengo mucho que pintar». Parte de su magnífica obra puede verse en el Museo de Aguascalientes, en la calle General Ignacio Zaragoza 505, en la capital del estado.

Pues bien, este es un libro sobre comida y Saturnino Herrán fue la inspiración para crear un restaurante muy especial que recupera recetas de la región y mantiene un altísimo nivel en ingredientes y elaboración: La Saturnina (un obvio y merecido homenaje; https://www.lasaturnina.com). Se ubica en una casona del siglo XVIII sobre la calle Venustiano Carranza 110, colonia Centro —en lo que fue parte del Antiguo Camino Real—, y su lema es directo e inteligente: «Sabor de mi pueblo».

Yo siempre he sostenido que la mejor gastronomía es la que contiene al paisaje en el plato. Es decir, aquella que usa los ingredientes locales, conserva la tradición y se esmera en cada hechura; que no anda haciendo inventos ni mezclas extrañas, y que respeta los sabores tal como fueron hechos por la bisabuela: con la misma paciencia y gracia.

Irma González, creadora del lugar, dijo en una entrevista para LJA en 2025: «Todavía hay muchas personas que piensan que Aguascalientes no tiene cocina propia, pero claro que la hay. Son adaptaciones y adecuaciones de la comida nacional, y ese es uno de los logros de este lugar».

Ahí me comí una «chiquiada» maravillosa, que solo existe en el estado. El menú del lugar lo describe así: «Tortillas hechas a mano, rellenas con queso y rajas o flor de calabaza, fritas en aceite y con guarnición de lechuga, verduras en vinagre y cueritos». Pero también hay «esmeriles» (gorditas fritas rellenas de papa o chorizo), «condoches» (gorditas de maíz quebrado cocida al horno, rellenas de frijoles y chile, pasadas por aceite) y «chorreadas» (tortillas fritas rellenas con frijoles, huevos estrellados, jitomate, cebolla, queso blanco, jamón y aguacate, bañado en salsa).

Es toda una experiencia culinaria, y también un centro cultural donde se presentan libros y obras de teatro. La señora González es mamá de mi amiga Irene, quien pertenece a un club de lectura de la ciudad, donde fui agasajado inmerecidamente.

La Feria de San Marcos —que se celebra en un recinto inmenso y dura casi un mes, entre abril y mayo— es, sin duda, otro referente imprescindible de la ciudad. Hay exhibiciones ganaderas, palenques, conciertos, charreadas, corridas de toros, feria, puestos donde te venden de todo...

Pero si vas a Aguascalientes, primero pasa por La Saturnina. Después, haz lo que quieras.

San Luis Potosí

La Feria del Libro de la Universidad Autónoma de San Luis Potosí me ha recibido muchas veces, y siempre con enorme cariño, gracias a mi amiga Patricia Flores, directora de esta feria que se celebra siempre en un magnífico edificio de estilo neoclásico en el centro de la ciudad, en plena Plaza Fundadores. Ya tenemos una suerte de tradición: después de presentaciones divertidas y llenas de adolescentes, vamos a comer a Cielo Tinto (avenida Venustiano Carranza 700, colonia Centro), donde se come muy bien y donde hay un mesero diligente, amable y, además, buen lector.

Ahí, los burritos de pato son sensacionales, al igual que el chile morita, relleno de chorizo, queso asadero y crema, entre otras delicias. Pero sin duda, las enchiladas potosinas son el plato de resistencia de la ciudad. Se pueden comer en muchos lugares, conservando una tradición añeja que es un verdadero lujo. Da igual que sean preparadas en un restaurante de postín o en una fondita. Rellenas de queso Chihuahua y pasadas por una salsa de chile ancho, serrano y jitomate, y luego fritas, son uno de esos platillos que conservan el sabor de antaño y que nunca defraudan.

Se dice todavía que algo vale «un potosí» cuando su valor es incalculable. La expresión proviene de las minas del Potosí en el Virreinato del Perú, en el siglo XVI, y por eso se le dio ese nombre a la ciudad, gracias a la enorme riqueza mineral que guarda el Cerro de San Pedro, que aún sigue dando sus tesoros. Fundada en noviembre de 1592, San Luis Potosí se hizo pronto una ciudad próspera gracias a la plata y el oro.

Pero hay una zona privilegiada del estado, que colinda con Tamaulipas e Hidalgo, donde se encuentran las llamadas Huastecas. Ahí, el clima es casi tropical y la vegetación abundante. Y, por supuesto, la comida tradicional es muy distinta a la del resto del país.

Ahí se puede encontrar el famosísimo «zacahuil», el padre de todos los tamales, tanto por su tamaño como por su sabor. Envuelto en hojas de plátano, este tamal gigantesco está relleno de pollo, pavo y lomo de cerdo. Es sin duda una comida ritual: puede tener más de metro y medio de largo y pesar hasta treinta kilos.

En la página web de Aderezo.mx (https://www.aderezo.mx), encontré detalles sobre este plato, preparado por una familia de la zona. Trascribo parte de un texto del 6 de marzo de 2023 escrito por Alejandra Ruiz y Gustavo García, quienes también son periodistas de *El Sol de San Luis* y *El Sol de Tampico*:

> También en Ciudad Valles, San Luis Potosí, la puerta grande de la Huasteca, varias familias como la Rodríguez, conformada por Leonardo Gibrán Delgado López, Ángel Iván Rodríguez y Ángel Eduardo Rodríguez Cervantes, todos de 21 años, se dedican a elaborar este distintivo platillo de maíz martajado.
>
> Ellos son parte de la cuarta generación de su familia que continúa con la tradición culinaria de elaborar este tamal gigante, donde, según indica la leyenda, fue un plato creado con la carne de un líder tirano mexica (Huehutli) para reparar el daño a mujeres que habían sido ultrajadas por este bestial hombre.
>
> La familia Rodríguez cuenta que su preparación es compleja y puede decirse que está repleta de ritualidades y hasta conexiones

ancestrales, ya que este proceso incluye ingredientes como masa martajada y enchilada, requiere el apoyo de cuatro personas o más, es decir, su preparación es en comunidad.

Su masa contiene chile ancho, chile guajillo, chile pasilla, cebolla asada, ajo, manteca, diversas especias, polvos para hornear y piezas de carne de cerdo y de pollo todo del rastro, los cuales se colocan encima de una forra con hojas de plátano, que previamente se humedecen bien, debiendo dejar parte fuera, para poder envolver el zacahuil. Pero antes, en el fondo y los lados se pone una capa de masa de dos centímetros de grosor; encima se le pone salsa; después una capa de carne delgada de puerco cruda y así sucesivamente, alternando carne, salsa y masa, para taparse con las hojas.

Los Rodríguez cuentan que, luego de todo este proceso, el horno de barro y leña los esperan. «Antes de meter el zacahuil le echamos agua de botellón arriba, es algo que implementamos, y lo dejamos hornear. El zacahuil que llevamos a la capital pesa entre quince y veinte kilos, dependiendo de la cantidad que queramos vender».

La cocción bajo tierra en la huasteca es muy similar a la que se emplea en la península de Yucatán para elaborar la cochinita pibil.

En este contexto, la incorporación de la carne de guajolote o de cerdo corresponde a la creencia de que el animal, al ofrendarse como parte de este gran tamal (zacahuil), se convierte en un mensajero entre el hombre y el mundo extrafísico, una comunión con la cual se busca el equilibrio en los ciclos de la naturaleza para bienestar del propio hombre.

De esta manera, entender al zacahuil como ofrenda de reciprocidad de comunión nos permite ampliar nuestra visión sobre este alimento que está presente en nuestra cotidianidad como parte de celebraciones sociales y religiosas.

Una joya de la corona entre los tamales, en un país que presume de una variedad inmensa y deliciosa.

Antes —mucho antes— de conocer Zacatecas, conocí a Ramón López Velarde. Y fueron sus versos, esos que hablan de una patria pajarera, divertida, llena de asombros y de goces, de risas y gritos de muchachas, de comida y de loros que vuelan fugaces, los que me conmovieron más que esa otra patria monumental, broncínea y aburrida, hecha de héroes de mirada estática y cañonazos disparados a diestra y siniestra. Esa patria que nos vendieron para honrarla y mirarla de lejos. Sin tocarla.

En su estudio de 2010 *Decir la «Suave Patria»*, dice mi amigo, poeta y sabio, Vicente Quirarte que «con López Velarde la patria vuelve a ser ciudadana, camarada y compañera, no la madrastra rígida y autoritaria».

López Velarde, pues, nos dio (por lo menos a mi generación) un montón de motivos y también de versos para poder sentirnos parte de algo mucho más grande que nosotros mismos y nuestra pequeñez. Recuerdo que, a cada rato, recitábamos «Fuensanta: / dame todas las lágrimas del mar. / Mis ojos están secos y yo sufro / unas inmensas ganas de llorar»...

Cuando llegué a Zacatecas con Imelda, nos fuimos a visitar su casa en Jerez —a tan solo cincuenta kilómetros de distancia de la capital— para darle las gracias en persona. Y nos comimos, en un restaurante del centro cuyo nombre lamentablemente se ha perdido en mi memoria, un auténtico asado de bodas jerezano. Me atrevo a poner aquí la receta que me brindó mi amigo, el chef Mariano Sandoval, para cuatro personas.

Asado de bodas jerezano

1 kg de pierna de cerdo, sin hueso y en cubos medianos
4 chiles anchos, asados, desvenados y suavizados
1 hoja de laurel
1 ajo
4 pimientas gordas y asadas
1 clavo de olor asado
1/2 raja de canela asada
1 bolillo
1 1/2 taza de caldo de cerdo o res
1 cda. de piloncillo rallado
1/4 de tablilla de chocolate de metate
1/4 de cáscara de naranja
1/2 cebolla, en rodajas delgadas
Aceite, sal y pimienta al gusto

Modo de preparar

En una cacerola con aceite caliente, sellar la carne por todos sus lados. Retirar y reservar.

Licuar los chiles con el laurel, el ajo, la pimienta, el clavo, la canela, el bolillo, el caldo de cocción y el piloncillo, hasta obtener una salsa tersa y homogénea.

Colar y verter en una cacerola; cocinar unos minutos a fuego medio. Añadir el chocolate y la cáscara de naranja. Si es necesario, verter más caldo. Rectificar el sazón.

Incorporar la carne y cocinar hasta que esté completamente cocida.

Para servir, montar el asado de boda, añadir las rodajas de cebolla y, si se desea, acompañar con tortillas.

Aunque suene un poco telegráfico —como casi todas las recetas—, hay que ponerle magia. Y, de ser posible, aderezar la cocción con un par de versos de López Velarde dedicados a sus paisanas:

> Jerezanas,
> que al cumplir con la ley
> de la anual comunión, miráis a la primera
> golondrina de marzo en la Casa del Rey
> de los Reyes; la párvula golondrina que entró
> a enseñarnos su pecho de mamey.
>
> Jerezanas,
> cuyo heroico destino
> desemboca en la iglesia y lucha con el vino,
> vistiendo santos
> o desvistiendo ebrios, con la misma
> caridad de los cantos
> que os hinchan las arterias en el cuello.

Llegué a Tampico, Tamaulipas, importante puerto del Golfo de México (que así se llama y no cambiará nunca), en medio de un caluroso verano —un lugar común, porque todos los veranos son calurosos en Tampico—, a dar una conferencia de fomento a la lectura para adolescentes. Mientras firmaba libros, uno de ellos se me acercó al oído y, crípticamente, me dijo en un susurro cinco palabras, para luego perderse entre la multitud: «Las tortas de la barda».

Los profes del colegio al que fui invitado ya me habían organizado una comida en un lugar que mencioné en el primer tomo de esta serie, en el apartado de cantinas: El Porvenir, fundada en 1923 por don Jesús García. Frente al panteón municipal, esa cantina tiene un lema que no deja lugar a dudas: «Aquí se está mejor que enfrente». Y yo no lo dudo ni un instante. Ahí se comen unas jaibas suaves rellenas que son una verdadera delicia, entre otros muchos manjares del mar. Pero, por supuesto, pregunté por las tortas de la barda, y entre sonrisas cómplices, todos asintieron, como dejando claro que ya era yo un tampiqueño honorario tan solo por conocer el secreto.

Fuimos allá esa misma noche. A comer una torta inmensa con chorizo, jamón, queso de puerco, carne deshebrada, queso amarillo, aguacate, frijol, jitomate, cebolla, queso blanco y, por encima, salsa de chicharrón prensado con salsa verde. Un reto, por decir lo menos.

Mis amigos de *México Desconocido* nos cuentan la génesis de esta locura:

> La historia de las tortas de la barda nos remite a 1928. En aquel año, se prepararon por primera vez estas delicias en el lugar que les dio el nombre: la barda que separaba a la ciudad de la Aduana y de los muelles.
>
> Además, según se cuenta, al principio se trataba de tortas de sardina con frijoles. No obstante, el gusto por la sardina no era general y poco a poco perdió popularidad. Ante este problema, los lugareños optaron por sustituir este ingrediente por rebanadas de jamón.
>
> Después, con el paso del tiempo, se agregaron todos los ingredientes que conforman la receta actual. Y aunque el verdadero origen de estas tortas es disputado por diversas familias, se dice que el creador indiscutible fue don José María Bracamontes.

Hoy no hay una, sino varias torterías en la barda (e incluso fuera de Tampico), y casi todas conservan el embrujo de las originales. Tan popular se volvió que la torta de la barda tiene incluso su día celebratorio: cada 4 de septiembre.

Cada vez que regreso a Tampico, no me falta una torta de la barda y un Escuis sabor hierro —una mezcla de refresco de cola y cerveza de raíz con un toque de vainilla—, uno de los pocos refrescos locales que no han caído en manos de las transnacionales.

Sí, hay tortas de la barda en la Ciudad de México, pero no saben igual.

Cada vez que me presento en la Feria Internacional del Libro de Monterrey (en el Parque Fundidora), suceden invariablemente dos cosas que me sacan una sonrisa de oreja a oreja: aparece una jovencita con una Joya sabor manzana (refresco de Monterrey) helada, y otra con una bolsita de Chicharrón de la Ramos. Y con eso, yo me doy por bien servido. Ya sé que estoy, una vez más, en casa.

La Joya me la bebo en ese instante, pero el chicharrón lo llevo de regreso a casa en la Ciudad de México y le pido a Rosy —quien nos ayuda a cocinar— que me lo prepare en salsa de chile morita. Así logro tener unos días más a Monterrey en la boca y el espíritu.

Mi amiga del alma, Fa Orozco, es de Monterrey, y con ella he tenido varias aventuras gastronómicas que involucran tacos enormes, jabalí asado o cerdo al ataúd. Pero una noche memorable me invitó a cenar a casa de sus padres. Y su mamá, Ana Lucía, me sorprendió con una coliflor al horno deliciosa. Me comí tres platos sin pestañear. Fue tan generosa que incluso me compartió la receta, que aquí dejo para que ustedes la disfruten tanto como yo:

Coliflor al horno

Para la coliflor:

1 coliflor
7 dientes de ajo machacados
1 cda. de consomé de pollo
Agua suficiente

Para la salsa:

1/2 barra de mantequilla
2 cdas. de aceite vegetal
1/4 de cebolla blanca
5 dientes de ajo
750 g de tomatillo
2 calabazas de jardín medianas
3 chiles serranos
1/2 taza de cilantro crudo
Consomé de pollo al gusto
1/4 de cdta. de pimienta (aproximadamente)
Jugo de 3 limones
Chilito en polvo

Modo de preparar:

En una olla donde quepa la coliflor entera, hervir agua suficiente con los dientes de ajo y el consomé de pollo. Cuando el agua esté en ebullición, agregar la coliflor por aproximadamente tres minutos, para sazonarla y dejarla a media cocción. Escurrir hasta que quede lo más seca posible.

Colocar en un refractario y bañar completamente con la salsa, procurando que se impregne bien. Espolvorear con chilito en polvo y hornear por aproximadamente veinte minutos a 180 °C.

En cuanto a la salsa: cocer las calabazas partidas, los tomatillos y los chiles serranos hasta que estos últimos y los tomatillos cambien de color. Licuar todo con aproximadamente una taza del agua de cocción y el cilantro crudo.

Freír en mantequilla y aceite la cebolla y el ajo licuados. Cuando estén cocidos, agregar la mezcla licuada de calabaza, tomatillos, chile y cilantro. Sazonar con consomé de pollo y pimienta. Hervir un poco, meneando hasta que los ingredientes se integren. Retirar del fuego y añadir el jugo de los tres limones (es importante hacerlo fuera del fuego para que no amargue.

¡Y se come mientras brindamos por la amistad!

Con Jis y Trino —moneros y queridos amigos— nos fuimos un día a El Rey del Cabrito (avenida Constitución 817, Monterrey), durante la Feria, por supuesto. Y entre leones disecados (hay al menos dos) y fotos de artistas que han visitado el lugar, nos metimos un atracón de cabrito a las brasas con tortillas de harina y salsa, que todavía hoy no entiendo cómo pudimos digerir. Es más: no entiendo cómo logramos hablar en la presentación posterior a la pantagruélica comilona entre risas e historias imposibles.

Por último —aunque habría mucho más que contar de Monterrey— dejo aquí el recuerdo de un pastel de pistache espectacular de La Nacional (https://www.lanacional.mx). Claro, después de haber probado sus maravillosos cortes de carne, el chicharrón de *rib eye*, los tuétanos o los tacos de fideo seco con chipotle. Tal vez mi lugar favorito en Monterrey, donde civilización y carne asada son una sola cosa.

Coahuila

En el primer tomo de *Cuchara y memoria* conté de un espectacular asado en la terraza de la casa de mis amigos Sylvia Georgina Estada y Julián Herbert, en Saltillo, Coahuila. Anfitriones más que generosos y brillantes, nos reunimos con ellos cada vez que podemos a comer y compartir historias.

Hace muchos años, salí con Imelda del hotel —que estaba en plena carretera— buscando un café cerca de las cuatro de la tarde. Encaminamos nuestros pasos hacia el centro. La tarde era agradable y no había el típico calor del norte que te puede dejar noqueado en una esquina para siempre.

Después de mucho caminar infructuosamente, recurrí a un camarada que estaba parado en una esquina, con su típico sombrero vaquero y un cigarro colgándole de la comisura de los labios.

—Buenas —dije.

—Buenas —respondió.

—¿Sabrá donde hay una cafetería por aquí?

Me miró de arriba abajo como si hubiera cometido un sacrilegio.

Pasaron segundos interminables…

—Aquí solo se toma el café en las mañanas —afirmó resuelto y sin dejar posibilidad alguna de entablar un dialogo posterior.

—Ta bueno —dije. Y volvimos al hotel por el café de marras.

Era cierto lo del café por las mañanas y la falta de costumbre, que hoy ha sido subsanada con varias buenas cafeterías.

He comido siempre bien en Saltillo y me he dejado guiar por la sabia mano de mis amigos que conocen.

Así arribamos a El Mesón Principal (https://mesonprincipal.com), en bulevar Venustiano Carranza 4671, colonia Virreyes Residencial. Es un lugar que conserva, desde hace más de cincuenta años, muchas y buenas tradiciones del norte, y en el cual probé los machitos al albañil (asadura de cabrito envuelta en tripita, a la plancha con chiles y cebolla), que estaban buenísimos, y una «torre María» (torre de tortillas de maíz enchilado, hechas en casa, rellena de queso asadero y trocitos de diezmillo a la parrilla y bañadas con salsa roja).

Quien diga que se come mal en Saltillo, miente. Todo es cosa de buscar un poco, como en el resto del mundo.

Mi mujer se crio en Monclova, Coahuila —la ciudad acerera por excelencia del norte de México— y anda siempre por la vida buscando las tortillas de harina «como las hacía mi mamá», fallando la mayor parte de las veces. No son las enormes llamadas «sobaqueras», sino pequeñas y gorditas. Una delicia.

Una vez, en una casa en Monclova, donde una mujer mayor torteaba a mano con enorme paciencia y sabiduría, logramos adueñarnos de tres kilos. Eran muy parecidas a las que hacía mi suegra, Imelda Nieto. En el aeropuerto nos revisaron dos veces la maleta ante tremendo contrabando. Imelda fue muy generosa y compartió las tortillas con sus hermanos, que durante unos días tuvieron de regreso a su madre en forma redonda, con olor a manteca de cerdo y los mejores recuerdos del mundo.

Durango

Gracias a una nota del 25 de octubre de 2022, firmada por Ana de la Rosa en el sitio de Larousse Cocina (https://laroussecocina.mx), me enteré de lo siguiente:

> A principios del año 2021, el Conservatorio de la Cultura Gastronómica de Durango (CCGD) solicitó el apoyo a la Secretaría de Turismo del estado para la realización del proyecto de investigación y elaboración del expediente que sustentara la historia y permanencia de la cocina durangueña como patrimonio intangible. Para lograrlo, se identificaron los utensilios, ingredientes regionales, técnicas de conservación de los alimentos y recetas que reflejan la vida cotidiana de las familias de la región en distintas épocas. También se investigó sobre la incorporación de influencias extranjeras que enriquecieron el acervo del estado en distintos momentos de su desarrollo económico y social. Con esto, Durango se suma a los diecisiete estados de la República Mexicana que ya han reconocido de manera local a sus cocinas como patrimonio cultural inmaterial.

Y es una gran noticia, sin duda. La menospreciada cocina del norte del país tiene, por derecho propio y por sus múltiples influencias, un lugar especial en el mapa gastronómico mexicano. Rodeada de desierto, la cocina duranguense tuvo que valerse del aprovechamiento de los recursos locales y de diversas formas de conservación en territorios áridos.

Así, he probado —y me ha gustado mucho— el cadillo

duranguense, hecho con carne seca y chile rojo, capaz de revivir a un muerto.

Hay también una gran tradición en la hechura de dulces: orejones de manzana, jaleas de membrillo y perón, conservas de higo, duraznos secados a la intemperie y, por supuesto, el maravilloso rollo de dátil con nuez.

En 2015, durante la Feria Nacional Durango Villista, se presentó un libro singular: *Recetario villista. Durango y su gastronomía*. En el comunicado de las autoridades del estado de Durango se afirmó lo siguiente:

> Los suculentos caldillos de carne seca, las habas en salsa verde, la nieve de garrafa, el pinole, la barbacoa estilo Canatlán, las gorditas de horno, deliciosas tortitas de camarón, el ate de guayaba, los tamales de puerco con verdura, torrejas dulces, el asado de puerco, el mezcal y mucho más, es lo que conjunta el volumen I de este *Recetario villista. Durango y su gastronomía*. El recetario consta de más de sesenta recetas, de los platillos más reconocidos de nuestra ciudad, que abarca desde las quebradas, la sierra, los valles, la laguna y la capital que va «más allá del agua». Son los recuerdos de los antepasados y las raíces de un pueblo, que como duranguenses se saborea y se valora más que nunca.

Tengo grandes amigos sinaloenses y ellos —como Elmer Mendoza, gran novelista— me enseñaron a comer mariscos de su tierra (de su mar, mejor dicho), para abrir mi mente y mi estomago a una variedad de delicias que atesoro en lo más profundo de mi gusto.

Así, en Los Mochis, me llevaron por primera vez —durante su feria del libro— a comer a El Farallón (https://www.farallon.com.mx), en avenida Álvaro Obregón 499, en la colonia Centro. Sin dudarlo, el mejor restaurante de mariscos y pescados dc la región, con productos fresquísimos que llegan de la costa, que está muy cerca.

Ahí, por ejemplo, probé el mejor aguachile del mundo: camarones crudos en una mezcla de jugo de limón, chiles picados, cilantro, pepino y cebolla. Una maravilla que, como su nombre lo indica, pica... y puede llegar a picar muchísimo. Imelda es fanática de los aguachiles y ha probado numerosas variedades, siempre teniendo a la mano los pañuelos desechables, porque tienen la virtud de abrir las fosas nasales al primer contacto. Por esta razón, podríamos decir que es un plato casi medicinal, pero sobre todo es fresco y muy, muy sabroso.

Puedo atreverme a decir que Sinaloa es nuestra reserva natural de mariscos, y saben prepararlos muy bien. En la carta de El Farallón hay por lo menos una docena de platillos preparados con camarones: a la diabla, al gratín, en salsa de Jamaica, en salsa de cacahuate, en tempura, a la crema y otros más. Cada uno es mejor que el otro. Lamentablemente, no he podido (por presupuesto y por capacidad estomacal) probarlos todos, pero sí muchos de ellos y siempre he quedado prendado de sus sabores originales y geniales.

También encontré ahí el estofado de pescado y aleta de atún (con buche de pescado, cocinado lentamente con tomate, cebolla, y chile jalapeño), los chicharrones de pescado o el famosísimo zarandeado.

Ir a Los Mochis y no ir a El Farallón es casi como no haber estado ahí.

Tan rica y variada es la cocina sinaloense que, por sencilla, no deja de ser espectacular. Tanto que han surgido restaurantes de sus especialidades en toda nuestra geografía, deleitándonos sin ir muy lejos de casa.

He ido muchas veces a Chihuahua y a Ciudad Juárez, y he de decir que soy muy adepto al desierto y a su comida.

Y si en este momento se me concediera un mágico deseo, estaría sentado en una de las mesas de Burros de Juárez (avenida Tecnológico 4903, en Chihuahua), comiéndome uno de esos burritos con tortilla de harina grande y recién hecha y, tal vez, relleno de chicharrón prensado. Y miren que yo les tenía desconfianza a los famosos burritos por culpa de nuestros vecinos los gringos, que han hecho una apropiación cultural del platillo y lo venden en muchos sitios, pero sin la gracia y el sabor de los originales.

En Burros de Juárez puedes pedir tu burrito de tres maneras: los clásicos (de bistec, asada, milanesa, chile relleno o chile pasado con puerco); los de huevo (combinados con jamón, tocino, chorizo, machaca, nopales o a la mexicana), o los «especiales» con queso asadero y carne, combinados con lo que quieras o en quesadilla (obviamente con queso, no se te ocurra pedir una quesadilla que no lleve el elemento esencial que le da su nombre). Grandotes y sabrosos, son una comida completa.

Mi amigo Chuy Vargas (historiador y escritor) y Marcela Frías Leve son autores del libro *La cocina regional de Chihuahua*, y en una entrevista con *La Opción de Chihuahua* (https://laopcion.com.mx), publicada en septiembre de 2014, comentaron a la reportera que no es la carne asada la comida tradicional de Chihuahua, sino los productos deshidratados:

> Nos dimos cuenta con los estudios que había un producto constante en la comida chihuahuense que era seco, por ejemplo, la carne seca, los chacales, los chiles colorados, el pasado y el queso ranchero. [...] El trabajo de recopilación de las recetas, lo realizamos fundamentalmente en las casas de las familias chihuahuenses; desde el año 1969 buscamos en algunos restaurantes platillos de chile pasado, colorado, y nos extrañó mucho que no lo ofrecían en sus cartas. Entonces comenzamos a vaciar las recetas de familia y a recopilar recetas de conocidos. También visitamos algunos pueblos.

Este libro es una guía imprescindible para adentrarse en la cocina regional del estado, rica en variedad y tradición.

Incluso Chuy se atrevió a abrir un restaurante en la Ciudad de México (lamentablemente ya cerrado), llamado La Toma de Tequila, en la colonia Roma, donde servían un chile pasado espectacular (chiles mirasol frescos, asados, sudados, pelados y colgados al sol para deshidratarlos por completo y luego cocinados con carne o queso). Una verdadera joya. También servían muy buenas tortillas de harina y todo regado con el potente aguardiente de Chihuahua, llamado sotol.

¡Viva Chihuahua!

Ahora sí, estamos instalados en pleno desierto. La ciudad de Hermosillo me recibe siempre con los brazos abiertos, un calor insobornable y sus tacos de carne asada, que son representativos de la región.

Tan popular es la carne sonorense —por la excelencia de los cortes que se emplean en los asados— que, al caer la tarde, es común ver decenas de patios de hogares que comienzan a limpiar bien la parrilla, prender los carbones, atizar el fuego, acomodar mesas y sillas, preparar salsas y enfriar muchas, muchísimas cervezas.

He estado en varias de estas fiestas que se celebran sobre todo los fines de semana y que congregan a familia, amigos, vecinos y hasta colados que se apuntan al festín en cuanto la carne empieza a chisporrotear y a soltar esos mágicos efluvios que se esparcen por el aire.

Sirloin, *rib eye*, agujas norteñas, tomahawks, quesos fundidos, salsas de chiltepín (un chile poderoso y traicionero) y las infaltables tortillas de harina grandes empiezan a pasar de plato en plato y de boca en boca en estas celebraciones interminables y típicas de la región.

Mis amigos calculan un kilo de carne por persona, y a mí me parecía una exageración. Yo no me creía capaz de comerme tal cantidad y menos de noche.

Y, sin embargo, pude. Sin quejarme.

Carnes jugosas y sabrosas que luego te venden en el aeropuerto, crudas y en cajas herméticamente cerradas, para que no olvides —a donde vayas— ese sabor y la generosidad y franqueza de los sonorenses, que se vuelven tus mejores amigos apenas logras superar el reto del kilo por cabeza.

Alguna vez probé un caldo de queso y me pareció delicioso: con base de consomé de pollo, lleva queso fresco, jitomate, papas, chile chilaca, sal y pimienta.

La gastronomía sonorense ofrece otras varias delicias, como la gallina pinta (un tipo de puchero hecho con carne de res, frijol pinto y granos de maíz); y, hacia la costa, el esplendoroso Mar de Cortés nos brinda las cachoreadas (tostadas enormes de camarón, jaiba y pulpo picado todo en trozos, aderezado con pepino, jugo de limón, cebolla, jitomate y trozos de aguacate) o las chimichangas (tortilla de harina rellena de carne deshebrada, frita luego en manteca de cerdo y cubierta con queso y frijoles, por supuesto con su salsa picante a base de jitomate y chile chiltepín).

Y de postre una coyota: galleta típica hecha con harina de trigo, azúcar, leche y manteca vegetal, rellena de piloncillo y espolvoreada con azúcar. La favorita de mi hermano Carlos.

He habado mucho —y bien— de dos ciudades de Baja California: Mexicali y Tijuana. En la primera he comido la mejor comida china de México (ustedes podrán encontrar la reseña en el primer tomo de este libro), así que ahora empiezo por la segunda.

Amo Tijuana desde hace muchos muchos años: lugar donde comienza la patria y donde se resiste de manera magnífica en el nivel cultural, social, económico y gastronómico.

He estado muchas veces en sus distintas ferias del libro y compruebo una y otra vez que los lectores jóvenes dan en la frontera una batalla que van ganando y de la que me congratulo.

Tengo dos amigos muy queridos que viven allá y que, cada vez que piso su suelo, se desviven —inmerecidamente— por mí. El primero es Rodrigo Bustamante: nos conocemos desde hace cincuenta años y somos amigos desde entonces. Su esposa, María Elena, y sus hijos, Marieta y Rodrigo, son parte de mi familia ampliada y disfruto enormemente cada vez que podemos vernos.

Rodrigo fue quien me llevó por primera vez a los tacos de langosta en Puerto Nuevo. Dicen que los primeros amores nunca se olvidan, así que tengo ese recuerdo en lo más profundo de mi corazón (en este mismo tomo, en el apartado de «Langostas» hablo de ese encuentro).

Pero también hemos comido en un montón de sitios, y cada uno de ellos fue una grata sorpresa. Por ejemplo, adentro de Telefónica Gastro Park (bulevar Agua Caliente 8924, Zona

Este), en un *food trailer* casero —como ellos mismos lo llaman— se encuentra Humo, donde sirven *hot dogs*, perritos calientes o «jochos», como también les decimos en el centro del país.

Y ustedes dirán: ¿qué diablos hace un jocho en este libro? Tengo una respuesta. De entrada, diré que es un negocio familiar y que cuidan con esmero sus ingredientes: hacen su propio pan y salchichas, su col morada encurtida y una mermelada de tocino que es una verdadera locura. Tienen tres jochos en oferta: el «Griego», con salchicha de res, salsa tzatziki (yogur natural, pepino, ajo, aceite de oliva, menta), queso feta y jitomate Cherry; el «Bork», con salchicha mitad res, mitad cerdo, salsa BBQ casera, granos de elote amarillo y col morada encurtida, y el «Bacon» —¡mi preferido!— con salchicha hecha de tocino (sí, sí, salchicha de tocino, que sabe a gloria), mayonesa, mostaza y mermelada de tocino (por si hiciera falta). La primera vez me comí dos. Y le recé al dios de las carótidas para que no me fuera a dar un aire.

Además, hay un *pulled pork* memorable: cerdo deshebrado con salsa BBQ, granos de elote y col morada.

Se volvió uno de mis lugares preferidos, y yo creo que ustedes tienen que probarlo en cuanto puedan.

P. D. No hay opción vegetariana (¡qué pena!).

También con Rodrigo y María Elena hemos cenado algunas veces en el Caesar's, donde se prepara la maravillosa ensalada que lleva su nombre, nacida en Tijuana y que le ha dado la vuelta al mundo (también reseñada en el primer tomo). Hemos visitado muchos lugares memorables, pero tan solo esas experiencias merecerían un capítulo entero.

Mi otro gran amigo tijuanense —aunque nacido en Sonora)— es Omar Valladares, profesor de mercadotecnia y turismo en la Universidad Autónoma de Baja California y ávido lector. Él fue quien me llevó, directo del aeropuerto y sin escalas, a Mariscos El Mazateño (calzada del Tecnológico 473, colonia Tomás Aquino). Y he de decir que ¡nos pusimos las botas!

Arrancamos con las mazateñas, quesadillas de camarón enchilado que son una maravilla. Luego vinieron los tacos de chicharrón de pargo —especialidad de la casa y deliciosos—, el «perrón especial», que lleva camarón enchilado con chicharrón de pargo (y mientras escribo esto se me hace agua la boca), para rematar con una «tostada superespecial», con pulpo, camarón y ceviche de pescado. El lugar es enorme, con una zona de techo de lámina sin ninguna pretensión, pero es, me queda claro, uno de los secretos mejor guardados de Tijuana; y quiero decir que, si no eres tijuanense, difícilmente llegas. Pero como yo sí soy de Tijuana —por lo menos de manera honoraria— no hay viaje en el que no lo visite y me deje llevar de la mano, como un niño, por sus múltiples secretos. La atención es esmerada y, diría yo, hasta cariñosa.

Cada vez que voy para allá, Omar me tiene reservada alguna sorpresa. Por ejemplo, desayunar en Casa de Coronado's Café (callejón París 1457, colonia Altamira), donde le entramos a lo grande: un *Big Slam* para cada uno, con tres huevos al gusto, una rebanada de jamón de 1.8 onzas, dos rebanadas grandes de tocino, una salchicha, papa rallada y dos *hot cakes*. Solo para profesionales. Y para conocedores.

Juntos —Omar, Rodrigo, yo y otros amigos— nos dimos un atracón en un enorme galerón en las afueras de Tijuana llamado American BBQ Company (paseo del Río 2428, colonia Río Tijuana Tercera Etapa), con costillas de cerdo, carnes y hasta cocodrilo estilo Luisiana en más que generosas porciones, mientras una banda de rock llenaba la noche —más estrellada que nunca— con su música.

Apenas llego a Tijuana y ya me estoy saboreando de solo imaginar lo que me espera.

La comida BajaMed (bajacaliforniana-mediterránea) ha cobrado un auge impresionante en los últimos años: fusiona los sabores locales —pescados frescos, mariscos, carnes— con influencias mediterráneas, como aceites de oliva, especias, e incluso algunos toques orientales, como la salsa de soya. Ha logrado en poco tiempo convertirse en un referente internacional.

Si antes el turismo que pasaba desde Estados Unidos buscaba bares y antros para el fin de semana, hoy personas más pudientes cruzan la frontera para probar sus maravillosos sabores. Desde 2013, esta cocina es considerada Patrimonio Cultural Inmaterial del Estado por parte de la Organización Mundial de Turismo.

Nací en la Ciudad de México, pero en cuestiones de comida —y de corazón— soy un poco de Tijuana. Así me siento.

Baja California Sur

Viví en La Paz, Baja California Sur, un largo verano de 1976. Cuento esa historia en mi libro *Cuatro veranos*, editado también por Planeta, por si lo quieren leer.

Algunos años después, invitado por el Instituto Municipal de Cultura a una semana cultural, leí en voz alta mis poemas, muerto de miedo. En ese viaje coincidí con un montón de escritores, cantantes, actrices, grupos musicales y antropólogos que se sumaron a la misma (una de las primeras que se celebraban en el municipio). Nuestro anfitrión, Enrique (un loco maravilloso), una mañana subió a ocho de nosotros a una camioneta y, sin decir nada, avanzó por la costa. Unos cuarenta y cinco minutos después, con el desierto de arenas blancas de un lado y el mar de arenas blancas del otro, llegamos a nuestro destino: Playa Balandra.

El paraíso. Alguien dijo en voz alta:

—¡Si Dios viviera, viviría aquí!

Y Enrique, amarrándose un paliacate en la cabeza, respondió:

—¡Aquí vive!

Desde la parte trasera de nuestro vehículo sacó cubetas de plástico y, muy ceremoniosamente, nos fue dando una a cada uno.

Todos nos mirábamos intrigados. Enrique comenzó a caminar mar adentro, cubeta en mano. Lo imitamos: un pequeño ejército de locos avanzando hacia el horizonte con cubetas de colores. Mis padres, Santiago Genovés, entre otros, iban ahí.

Unos sesenta metros después, el agua nos llegaba apenas a las rodillas. Mar cálido y de un azul que se queda para siempre en la pupila.

Enrique se agachó, metió la mano a la arena bajo el agua y sacó una almeja chocolata de gran tamaño, que echó inmediatamente en su cubeta.

—¡Quien no pesca no come! —advirtió regocijado.

En menos de media hora, todos teníamos cubetas llenas de aquellas maravillas.

Volvimos a la playa, donde ya nos esperaban una mesa, cuchillos, limones, salsas y platos.

A la docena de almejas, yo paré de comer. Eran inmensas y no podían ser más frescas.

Pedro Ávila, cantautor y pescador nato, ya tenía ensartados dos pargos grandes que había arponeado en cuestión de minutos y que entonces se mecían sobre un fuego de leños.

Debo decir que es una de las mejores comidas que he tenido en mi vida, no solo por los alimentos que el mar nos regalaba, sino también por la maravillosa compañía.

Si yo fuera dios —aunque fuera un dios menor—, viviría en Playa Balandra el resto de mi vida. Pero si es cierto que los dioses son inmortales, entonces tendría el gozo de la arena blanca, el mar azul y las almejas palpitantes para toda la eternidad.

En La Paz también comí, con tortillas de harina, una machaca de mantarraya con huevo que no he vuelto a probar nunca, pero que me pareció soberbia.

Fueron días soleados, memorables, divertidos, inteligentes. Recuerdo y suspiro.

Y así, suspirando y recordando, termino este capítulo sobre

mi país, de una riqueza y variedad alimentaria espectacular. Difícilmente viviría en otro lugar.

No sé a ciencia cierta cuántos platillos absolutamente mexicanos existen (y nadie se pone de acuerdo al respecto).

Espero vivir lo suficiente para probarlos todos.

Mole, el mero mole (poblano)

Esta entrada está completamente dedicada a Paco Ignacio Taibo I, que de mole sabía muchísimo más que yo, sin discusión. Primero escribió el *Breviario del mole poblano* en 1981 y luego *El libro de todos los moles* en 2003, entre otros muchos textos gastronómicos que yo considero imprescindibles. Además de una enorme sabiduría y una cultura amplísima, tenía un sentido del humor inigualable (que espero haber heredado, aunque sea un poquito).

Nos pidió que cuando muriera —lo cual sucedió en 2008—, sus cenizas fueran esparcidas en el campo mexicano, para que las gallinas las picotearan libremente y, luego, al poner sus huevos, en el cascarón apareciera mágicamente la palabra «Taibo» una y otra vez. Todavía no hemos cumplido su deseo. En parte, tal vez, porque nos da un poco de miedo que suceda exactamente como lo previó, y esos huevos de gallina con nuestro apellido impreso acaben convirtiéndose en una suerte de reliquias religiosas, se forme una secta cismática y, quién sabe, hasta surja un mercado negro de blanquillos milagrosos.

Porque si algo les puedo decir, es que con papá todo era posible.

Y no estaba del todo desencaminado. En muchos sentidos —excepto en el físico— ha alcanzado una suerte de inmortalidad, que hoy me permitiré demostrar por interpósita persona.

Hablaré, guiado por su luz, sobre el mole, pero a través de sus escritos gozosos y esa inmensa curiosidad y capacidad de asombro que siempre lo acompañaron a todas partes. Me permitiré, de tanto en tanto, usar mi propia voz, para que esto no acabe pareciendo una sesión espiritista.

Así que, con el permiso de ustedes, y por supuesto del jefe Taibo, arrancamos.

El mole no puede, por ningún motivo, entenderse si no se entiende antes el Barroco mexicano, el sincretismo cultural, la mezcla, el encuentro de dos —y de muchos más— fogones y de dos culturas (precedidas de otras muchas) que primero chocaron violentamente y luego dieron forma a ese mestizaje que determina nuestra identidad y nuestro enorme sentido del gusto.

En su libro de 1992, *Encuentro de dos fogones*, Taibo I encuentra (o inventa, no estoy del todo seguro) una fecha para el primero de muchos nacimientos del Barroco mexicano, ese antecesor imprescindible del mole. Lo cito:

> Aun cuando la palabra barroco no siempre significó lo que ahora nos dice por sí sola, lo cierto es que desde nuestros días califica no solo una especial concepción artística, sino también

una forma de entender la literatura, el vestuario, la religión y en definitiva la propia vida. El concepto barroco va a transformar, también, la cocina mexicana.

No sabemos cuándo el barroco penetra en el país y si bien se pudieran señalar varias fechas de su insidiosa y primera presencia, acaso la mejor opción fuera la de aceptar la que Irving A. Leonard nos propone en su libro *La época barroca del México colonial*, cuando sugiere que lo barroco desembarca en Veracruz el día 19 de agosto de 1608, encarnado en un personaje fantástico llamado fray García Guerra, arzobispo y luego virrey de la Nueva España.

Aceptaré con gusto esa fecha que nos llega envuelta en todo un esplendoroso ceremonial de músicas, cantos, desfiles y reverencias. De grandes comilonas, vinos y rezos; de uniformes y espadas con el puño de oro; de indígenas estupefactos y de antorchas en la noche tibia y callada de Veracruz.

Con fray García Guerra llegan las corridas de toros todos los jueves y las reuniones en los conventos de monjas, mientras el arzobispo toma chocolate y la monja más bella canta villancicos.

De acuerdo, aceptemos la fecha.

El día 19 de agosto del año 1608 llega el barroco a México. A partir de ese instante la nación será otra.

Ahora tomo yo la palabra unos momentos, tan solo para decir que Taibo I, en su *Breviario del mole poblano* y posteriormente en *El libro de todos los moles* —dos de sus libros que se volvieron de culto entre investigadores, cocineras y chefs—, desarrolla toda una tesis, aderezada con grandes anécdotas e historia cuidadosamente investigada, para describir con el seductor embrujo de las palabras que lo caracterizaba, cómo el Barroco español, lenta pero definitivamente, va siendo atrapado y trasformado por la sensualidad inherente de nuestra tierra y de nuestra gente.

Ese primer Barroco se vuelve entonces colorido, mestizo, ingenioso, divertido y tan fogoso como la sangre misma que corre hoy por nuestras venas.

Así que el festivo Barroco mexicano —esa transmutación estilística— va cosechando sabores y esencias nuevas, sonidos sorprendentes, remates arquitectónicos asombrosos, sensibilidades de tierra y agua que permanecían intactas desde tiempos precolombinos, hasta acabar opacando, con un brillo deslumbrante, a su antecesor hispano, que se muere de tristeza al ser desplazado por ese nuevo mundo que, de tan lleno de vida y de color, no deja lugar a la interpretación del gris. Como sucede, por ejemplo, si comparamos la sobria y «barroca» arquitectura del Real Monasterio de la Encarnación, en Madrid, con la fulgurante, rosa y atrevida Catedral de Santa Prisca, en Taxco, Guerrero. Y no quiero pecar de nacionalista ramplón, pero si en futbol nos ganan, en Barroco enloquecido, nos los llevamos de calle.

Vuelve a tomar la palabra el jefe, que, sin duda, de esto —y de muchas otras cosas— sabe un montón más que yo: «El mole es un típico producto barroco cuyo estilo se refleja tan bien como lo pudiera hacer un templo o un palacio». Y para confirmar esto, cita a don Manuel Toussaint, quien en *El arte colonial de México* dice:

> El siglo XVII ya es diverso, los colonos han arraigado en el nuevo país, sus familias se multiplican y se marca una diferenciación,

> lenta pero precisa, entre el español de Europa y el de América; el criollo va adquiriendo noción de su nacionalidad diferente de la del gachupín, que ya desde esos tiempos es motivo de odio por parte de los antiguos colonos porque viene a explotar un país en cuya conquista no ha intervenido. Entonces se va formando un nuevo estilo artístico; el barroco. Después de un ligero florecimiento del herreriano que tiene lugar a principios de siglo, el barroco imita a su modelo español, todavía mesurado, pero poco a poco va diferenciándose y, al finalizar el siglo, y en los primeros años del XVIII es totalmente diverso de su arquetipo; es ya el barroco mexicano, como muestra viviente y a la vez eterna, del nuevo país que ha adquirido personalidad propia.

El jefe comenta entonces lo siguiente:

> En este marco, el mole resulta un plato inmerso en los gustos estéticos del momento, que saltan con facilidad de la pintura y la escultura a la cocina. Por otra parte [...], era irremediable que el mole naciera en Puebla de los Ángeles [...].
>
> Yo añadiría que es el espíritu barroco el que va a estimular la capacidad inventora de un pueblo que había avanzado muy lentamente en la adquisición de sabores propios. La cocina había venido siendo un resumen de dos influencias definitivas; desde el barroco será el laboratorio del que saldrá la innovación.
>
> Por lo pronto, el mole no solo es un manjar singular, sino que es invento generador de inventos...

Cada vez que mi papá comía un mole, había que tirar la camisa que usara a la basura.

No estoy bromeando. La espesa salsa —particularmente la del mole poblano, el rey de los moles— deja manchas oscuras, tercas e inevitables, que no salen ni con detergentes ni con ensalmos mágicos.

Mi madre dotaba al jefe con una enorme servilleta blanca, a modo de babero, para evitar que, junto con el gozo, surgiera el estropicio. La servilleta quedaba invariablemente hecha un asco, y la camisa —por contagio o por simpatía con el barroco y delicioso invento— también, diez de cada diez veces.

Afortunadamente, el mole es un guiso de fiesta, de celebración; no es comida de todos los días. Porque si así fuera, Taibo I habría necesitado más camisas que una estrella de rock.

Mi papá, con un envidiable y maravilloso sentido del humor, siempre sonreía cuando el mole saltaba desde el plato hacia la camisa, como si estuviera vivo. Y ante la reprobatoria mirada de mi madre, decía:

—No son manchas, Mari, son medallas.

Y era cierto. Comerse un mole —un buen mole— implica una cadena de eventos afortunados que condecoran a los comensales y que, poco a poco, durante este texto, iremos describiendo.

Por lo pronto, hay varias versiones sobre el nacimiento del mole. Dejo que Taibo I se las cuente:

> Una monja, llamada sor Andrea, se ve obligada por la comunidad a crear un plato nuevo y sorprendente para homenajear a un importante señor llegado de la corte de España. En la ciudad de Puebla de los Ángeles aún se nos muestra una muy bella y espaciosa cocina que, se dice, fue en donde nació el mole de manos de sor Andrea. La controversia surge cuando

se ha de decidir quién fue ese personaje famoso. Existen tres versiones:

Que fue don Tomás Antonio de la Cerda y Ragón, marqués de la Laguna, conde de Paredes, virrey de México, esposo de doña María Luisa Manrique de Lara, novia espiritual de sor Juana Inés de la Cruz, quienes llegan a México en octubre de 1680.

Es más probable que el banquete en el convento dominico de Santa Rosa se celebrara en la última decena de ese mes, que son fechas de clima frío en Puebla y que justificarían un guiso tan cálido y estimulante.

Junto con el banquete, al virrey se le ofrecieron los típicos recibimientos consistentes en arcos de triunfo, bailes, fiestas populares y desfiles.

Otra teoría, que no comparto, supone que el mole se inventó para agradecerle los favores hechos a la comunidad por su ilustrísima monseñor don Manuel Fernández de Santa Cruz y Sahagún, que entra en la historia de la literatura del siglo firmando documentos bajo el seudónimo de *sor Filotea*, para refutar escritos de sor Juana.

Una tercera versión favorece la idea de que el homenaje gastronómico le fue ofrecido a un virrey por un arzobispo, aun cuando se coincide en la figura principal de sor Andrea.

El mole, que ya venía desde lejos y en alguna versión llegó a conocer el propio Moctezuma, adquiere de pronto en este siglo barroco una presencia que bien puede simbolizar toda una época.

En cuanto al nombre de la salsa-guiso también está rodeado de misterios y confusión. Fray Alfonso de Molina, en su diccionario náhuatl nos da algunos datos sobre la palabra *mulli* que según era usada o formaba parte de una composición verbal que tenía uno u otro sentido.

Mulli vale por guisado; *emulli* era un guiso de habas también llamado *apauaxmulli*. Los guisos de carne se podían denominar *nacamulli*, *totolmulli* o *macamulli*. Si el guiso era de pescado se le denominaba *michmulli* o *cueyamulli*, si de huevos, *totolmulli*. Si se hacía con aguacate, *auacamulli*, y si llevaba hierbas, *quilmulli*. Finalmente, se le decía *chicolmulli* o *chilcacmulli* al guiso de chiles y tomates.

La entrada del chocolate y la carne de guajolote, junto con la sabia mezcla de chiles, la pizca de anís, el toque del ajonjolí y los otros productos van a conformar un todo que solo una mente instalada en el barroquismo puede imaginar y se atreve luego a llevar a cabo.

Las monjas poblanas, que ya habían transformado y añadido recetas a las traídas por sus hermanas de Castilla, van a dar la noticia más clara, desde una cocina, de la nueva identidad novohispana. La independencia acaso se inicie guisando, tanto como combatiendo.

Y ya estoy yo de regreso, lo siento por ustedes.

Las tres versiones sobre el nacimiento del mole dan para múltiples conjeturas, pero coinciden, al menos, en determinar el lugar preciso de su alumbramiento y a su progenitora: esa maravillosa sor Andrea, en el convento de Santa Rosa, en Puebla.

Es Puebla, sin lugar a dudas, uno de los grandes amores de mi padre, tanto por ser cuna del mole como por haber sido escenario de la única rebelión de monjas de la que se tiene noticia, acaecida en el año de 1772. Rebelión sofocada a «fuga, hierro y fuego», título también de una de las novelas de Paco Ignacio Taibo I.

Y si ya habló él del nacimiento del Barroco mexicano y del mole, no puedo menos que dejarlos con esta hermosa descripción del nacimiento de la ciudad de Puebla en la que ambos prodigios se materializaron para gozo del mundo entero.

Va pues, el «Curioso nacimiento de la ciudad de Puebla de los Ángeles», en versión de mi padre, a quien en algún momento de su vida se le concedió la Cedula Real de la ciudad de Puebla y se le nombró «poblano distinguido», a pesar de que él solía pensar que era un poquito más de Nueva York que de cualquier otro sitio:

> Llegaron en un revoloteo de risas, gritos y advertencias urgentes; pero el aterrizaje lo llevaron a cabo con una suavidad y un tecnicismo verdaderamente magníficos. Era un grupo numeroso, y desplegaban sus grandes alas blancas llenos de confianza y de una cierta vanidad profesional que llevó a alguno de ellos a dar varias vueltas sobre el lugar indicado, como si quisieran mostrar sus últimos hallazgos en materia de aeronáutica.
>
> Los ángeles, al fin, pusieron sus pies descalzos sobre lo que más tarde sería la ciudad de Puebla.
>
> Era un gran placer verlos así, en un revuelo de plumas y carcajadas, convirtiendo un pequeño salto en un breve vuelo, azotando con el plumaje el aire y levantando de la tierra briznas de hierba y hojas secas. Se llamaban los unos a los otros y se golpeaban, jugando, ala contra ala, como si también en las plumas tuvieran la sensación del tacto. Eran altos, bellos, y muy ligeramente vestidos, con el pelo largo y la mirada clara; eran ángeles académicos, cantados en sonetos, descritos por

los Santos Padres de la Iglesia, pero un poco irrespetuosos con la tradición.

Llegaron en un grupo que ya desde muy lejos cabrilleaba entre los rayos del sol, mostrándose tan límpidos y esplendorosos como el sol mismo.

En fin, los ángeles llegaron y empezaron a trazar la ciudad que habría de ser como el gran aglutinante de la fe cristiana en un paisaje de pueblecitos míseros y paganos.

Eran los ángeles del Imperio y hablaban español.

A su alrededor se alzaban las ruinas de las últimas resistencias, nombres de imposible entendimiento para los recién llegados: Amozoc, Texmelucan, Atlixco, Cholula, Huejotzingo...

El grupo de trabajo se quitó sus escasas ropas, recogió a la espalda, con cuidado, sus fantasiosas alas, y comenzó a trazar la ciudad de Puebla marcando su perímetro con cordeles, estacas y brochazos de cal.

Cuando terminaron, los ángeles volvieron a reunirse en el centro de la gran marca y uno de ellos, más risueño, más seguro y exultante que los otros, señaló sobre la tierra una gran cruz blanca: la catedral.

Después miraron a su alrededor, recogieron sus ropas y se vistieron sin prisas, charlando, comentando los pequeños incidentes de este trabajo nuevo para ellos; desperezaron las complejas armazones de plumas, agitándolas en breves espasmos, caminaron por última vez sobre el valle elegido, probaron su capacidad de despegue, saltaron sobre los dedos de los pies y tomaron vuelo en una idéntica algarabía de voces desprovistas de todo recato.

A varios metros sobre la traza de la nueva ciudad, giraron en rápidos círculos, como para obtener las últimas impresiones sobre sus esfuerzos, y después comenzaron a elevarse hacia el sol, tan gráciles, tan seguros y chillones que aún hoy los ateos de Puebla siguen afirmando que no eran ángeles, sino patos.

Por otra parte, Taibo I rescató el llamado «Recaudo necesario para hacer un mole poblano al estilo del convento de Santa Rosa», aquí transcribo la lista de ingredientes, por si quieren sacar pluma y papel:

Mole poblano al estilo del convento de Santa Rosa

1 kg de chile mulato
11/4 de chile pasilla
11/4 de chile ancho
300 g de ajonjolí
1/2 kg de almendras
1/4 kg de uvas pasas
1/2 kg de jitomate
1/2 cabeza de ajo
Pepitas de chile al gusto
1 cda. de anís
50 g de canela
25 g de pimienta
Pan frito dorado
1 tortilla de maíz frita
4 tablillas de chocolate
Azúcar y sal al gusto
1 pavo o guajolote

Mi papá nunca fue bueno para el picante. Él mismo lo confesaba y lo repito hoy yo, corroborándolo.

En su natal Asturias, la única vez que vieron un chile fue en un almanaque mexicano encontrado en la bodega de un barco con bandera de Panamá.

Pero al llegar a México tuvo, sin duda, que enfrentarlo para poder sobrevivir en esta tierra y hablarle de tú a tú a su maravillosa gente.

Permítanme recordar, en tres sencillos pasos, su particular «nómina de picores»: «Si un mexicano te dice que no pica, pica. Si dice que pica un poco, pica mucho. Si dice que pica mucho, huye».

Era tal la devoción de mi padre por el más barroco de los platos del mundo que, después de su *Breviario*, escribió ese libro ya mencionado que tituló con rudeza innecesaria —y para darle un pequeño codazo a los críticos— *El libro de todos los moles*.

Un itinerario goloso y gozoso por la más fascinante de las aventuras gastronómicas: esa que surge del encuentro de dos mundos para ofrecer a la boca un mundo completamente nuevo.

Explicar un mole es tarea divina... o diabólica, según se vea y dependiendo de la esquina del ring en la que uno se encuentre. Yo no creo en la inspiración divina, pero sí en la de las tentaciones del alma y de la carne. El mole es plato de conjuras, sudores y alientos; creación de una mujer, o tal vez de muchas mujeres encerradas entre altos muros, que un día, un buen día, sucumbieron al hechizo de las mezclas y así lograron liberarse y volar por encima de su encierro.

Chiles vigorosos, especias perfumadas, muy mexicano chocolate, hierbas extranjeras y autóctonas, bizcochos europeos y mantecas traídas por los conquistadores acabaron en una cazuela, sobre un fuego, bajo la mirada paciente y adentro de la lengua golosa de esas monjas que no sabían el lío que estaban armando... y que hoy es motivo incluso de sesudos congresos sobre ese plato que representa, de tantas maneras, nuestra identidad nacional.

Yo, que creo en la alquimia y en las virtudes de los paladares que se dejan sorprender, también creo en el mole como el resultado de un sueño nacido de un desvelo; como un oasis en un desierto de sabores y sorpresas. Creo en él, también, como la culminación del sincretismo que fundió dos culturas —cada una heredera, a su vez, de muchas otras— y que me hacen suspirar todos los días, porque viven en mi alma y en mi sangre.

Cada vez que me acerco a un mole —con tortilla, cuchara o tenedor— siento que mi padre está detrás de mí, sonriendo, animándome a probar, como siempre lo hizo.

Hoy vengo a rendirle un homenaje al mole, sí, pero sobre todo al sabio personaje que me hizo ser quien soy; que me enseño que la frase pedagógicamente más efectiva que conozco: «Prueba sin miedo».

Y yo, una y otra vez, gracias a él, pruebo sin miedo.

Pensaba despedirme con estas líneas, pero me parecería absolutamente injusto. Mejor dejo que sea él, el jefe, Paco Ignacio Taibo I, quien cierre esta entrada con las palabras pronunciadas en su conferencia magistral con la que abrió el VI Congreso sobre Patrimonio Gastronómico y Cultural, en 2004, en Puebla:

> Que Dios está, también, entre las cazuelas, es cosa aceptada por la cristiandad, pero a nadie escuché decir que, para hacer un

buen guiso, no solo son necesarios cinco chiles diferentes, sino también la ayuda especializada de un santo conocido como Pascual Bailón.

Con todo esto quiero acercar a mis hermanos a mi evidente asombro desde que supe de la proximidad de monjas y santos con la cocina poblana.

En mi tierra, aceptar que las monjas fueron siempre buenas reposteras era cosa indiscutible: incluso algunas comunidades estaban más atentas al azúcar y a las yemas de huevo que a otras actividades que nos llevarían a chuparnos los dedos.

En una charla tan compleja como esta, no debe extrañar a nadie de la audiencia que aparezcan en ocasiones frutos exóticos y medidas caídas en desuso, pero creo que respetar la pulgada de sal es ayudar, a quienes me escuchen, a que viajen hasta siglos pasados.

Si con estas advertencias, mis intenciones profundas siguen poniéndose en duda, me atrevo a sustentar la teoría de que un poco de misterio le viene bien a cualquier plática y que los libros más adecuados para el invento son los libros de cocina.

Cabría que en contra de mis opiniones se estableciera toda una teoría, incluso metafísica, para defender al mole frente a sus posibles enemigos convirtiéndolo en una sustancia misteriosa que solamente gracias a la casualidad, o lo que es mejor, a la milagrería se hizo posible.

Por cierto, bueno sería señalar como tema para conferencias a cargo de gente dada a la revelación que algunos de los platillos de fama mundial deben ser considerados como procedentes de la invención divina.

El maná que aún no sabemos qué aspecto y sabor tiene llegó del cielo para asombro del hombre desprevenido ante tales aventuras alimenticias. No me atrevería a decir que el mole llegó a Puebla a través de un regalo divino, pero sin duda algo milagroso debe tener un alimento que llegó al ser humano envuelto en el misterio, y en el misterio aún está cifrada su existencia.

Todavía hoy el santo al que ya he hecho referencia en esta conversación, para estimular la mente de quienes estamos hermanados en ciertas formas del comer y del beber, me refiero a san Pascual Bailón, es sin duda un ser muy adecuado para hablar del mole poblano, que si bien sabemos cómo se hace nunca estaremos muy seguros de cuál fue la primera vez que se hizo.

Pido disculpas por última vez por dejar sin un final feliz a mi historia, al fin y al cabo que el triunfo de Hollywood ha sido siempre llegar al final feliz sin haberse atrevido a dar la receta cifrada más o menos en un beso.

Reciban mi beso y discúlpenme por tanto atrevimiento.

Y a mí también discúlpenme, digo yo.

Muchas gracias y mucho mole para todos ustedes.

Michelin

En 1900 apareció la primera *Guía Michelin*, un invento de un par de hermanos franceses. André y Edouard Michelin, fabricantes de neumáticos. En ella daban consejos prácticos para cambiar una llanta, lugares donde encontrar gasolina, mapas y una lista de lugares donde comer o alojarse.

Ciento veinticinco años después, es un referente mundial de buena comida. Incluso otorga estrellas a aquellos restaurantes que, desde su punto de vista, son inigualables. El máximo a lo que se puede aspirar es a tres estrellas, lo que equivale al *non plus ultra* (no hay más allá) de la gastronomía.

De incógnito, los «inspectores» de la guía, recorren el mundo y califican de manera misteriosa aquello que comen, así como el servicio y el lugar. Una estrella significa «una muy buena cocina en su categoría»; dos, «excelente cocina por la que vale la pena desviarse», y tres, «cocina excepcional» y «una mesa que justifica el viaje».

En un artículo sobre las estrellas Michelin publicado en

2022 en la página web de Bon Viveur (https://www.bonviveur.es/), firmado por Héctor Hernández, se cuenta que:

> Los inspectores de la *Guía Michelin* son personas expertas, técnicos en Turismo formados en escuelas de hostelería o con estudios similares y profesionales del sector con al menos diez años de sólida experiencia. Deben ser personas con paladares muy bien entrenados, capaces de abstraerse de sus gustos personales para garantizar la objetividad y tener una gran cultura gastronómica.

Vale la pena leer el resto del artículo en el que se describen las intimidades de la guía y la manera en que se otorgan esas codiciadas estrellas. Solo copiaré a continuación los «cinco criterios para valorar los platos»:

1.- La selección de los ingredientes y su calidad.
2.- La creatividad y personalidad del chef.
3.- El dominio de técnicas, cocciones y el equilibrio de sabores y texturas.
4.- La relación calidad-precio.
5.- La regularidad.

Vaya que es difícil ganar una estrella… y mucho más fácil perderla.

Casi todos los restaurantes del mundo querrían tener una de esas estrellas en su puerta, pues las visitas y las ventas se multiplican de manera instantánea.

Yo he comido en varios restaurantes de una, dos y tres estrellas (casi siempre invitado), y muy pocas veces he sido sorprendido. Creo que los patrones con los que los inspectores deciden sus calificaciones no son, de ninguna manera, mis patrones. De entrada, comen solos, y eso ya es, para mí, un déficit. Una comida sin compañía es un evento triste y eso tal vez influya en las calificaciones finales. Puede que el inspector esté muy feliz ese día porque besó a su novia, o que, por el contrario, se le haya muerto el gato. Dos eventos completamente diferentes que, sin duda, cambian el estado de ánimo de las personas.

Muchas veces, esos restaurantes que ganan estrellas y las lucen con orgullo se duermen en sus laureles, suben los precios y olvidan por qué fueron galardonados. Y somos los comensales quienes terminamos por pagar el precio (en términos reales y metafóricos).

En París, por ejemplo, comí en uno de esos lugares que tienen colas inmensas y donde hay que reservar con meses de anticipación. Desde el principio, el muy parisino mesero nos trató como si fuéramos a robar algo (y yo estuve a punto de echarme un salero a la bolsa solo por hacer la mala obra). La comida era buena, así, a secas. Nada espectacular, nada que mereciera que yo aplaudiera o me postrara de rodillas en agradecimiento por los favores recibidos. Ya ni siquiera pedí postre.

Sigo creyendo en la buena fe de la *Guía Michelin* y en la mala fe de ciertos restauranteros.

Hace poco, dieron el reconocimiento a varias taquerías que conozco y que frecuento, y me parece que fue bien merecido. No estoy muy convencido con lo de la «creatividad y personalidad del chef», que en este caso son hábiles y simpáticos taqueros; y me sorprende que hay otros lugares que, sin duda, también merecerían ese reconocimiento y no lo tienen. Pero como no soy inspector, habrá que esperar a que algún día suceda.

Si volviera a nacer y a decidir mi futuro, sería inspector: iría por el mundo probando y deleitándome con las sorpresas que deparan las mesas que me aguardan. Pero no volveré a nacer.

Por lo pronto, mi amigo el chef Poncho Cadena y un servidor pensamos en la posibilidad de escribir nuestra propia guía, dedicada a esos sitios a los que difícilmente se llega si no es por recomendación expresa de algún amigo o amiga querida. El nombre sugerido —muy mexicano— es *Guía Mi-Chalán*. Y ahora solo necesitamos el tiempo necesario para empezar a hacerla.

Se aceptan sugerencias.

Nueva York

Nueva York

Esta entrada será relativamente corta porque Nueva York está presente en los dos tomos de *Cuchara y memoria* de manera constante, pero sobre todo, en mi corazón.

Fue mi padre quien me heredó ese amor por la Gran Manzana desde que era un preadolescente. Él decía que era asturiano, mexicano y muy neoyorquino. Y cada vez que había oportunidad, terminábamos todos, con hartas maletas, en el Aeropuerto Internacional John F. Kennedy, buscando un taxi que nos llevara al Hotel Wentworth, en el número 57 de la calle 46 oeste (hoy desaparecido, y lanzo por él una furtiva lágrima), donde siempre nos esperaba el portero iraní, que nos abrazaba como si fuéramos su familia recién llegada de Teherán; habrá que decir que mamá siempre le llevaba un regalo.

El hotel estaba cerca de Times Square, de la zona de los teatros y restaurantes, y a escasos cien metros había una estación de metro que conecta con el resto de Manhattan. Pasamos muchos maravillosos días en Nueva York: caminando como locos, comiendo como locos y disfrutando como locos cada recoveco de esa ciudad enloquecida y llena de magníficas sorpresas.

Antes de las ocho de la mañana, papá entraba a todas las habitaciones de sus hijos con manzanas y chocolates (exótico desayuno), y nos apuraba para que saliéramos a encontrarnos con una nueva sorpresa.

—¡Estamos en Nueva York! ¡Estamos en Nueva York! —gritaba como loco en habitaciones y pasillos, porque allá afuera, en la calle, estaba el asombro y la vida.

Invariablemente, caminábamos hasta la Quinta Avenida, e invariablemente se detenía en una esquina, cerca de la Catedral de San Patricio, y recitaba a José Juan Tablada como una especie de ensalmo mágico, para que el día fuera tan bueno como todos los días que ahí vivimos, felices y esperanzados:

> ¡Mujeres que pasáis por la Quinta Avenida
> tan cerca de mis ojos, tan lejos de mi vida!...
>
> ¿Soñáis desnudas que en el baño os cae
> áureo Jove pluvial, como a Danae,
> o por ser impregnadas de un tesoro,
> al asalto de un toro de oro
> tendéis las ancas como Pasifae?
>
> ¿Sobáis con perversiones de cornac
> de broncíneo elefante la trompa metálica
> o transmutáis, urentes, de Karnak
> la sala hipóstila, en fálica?
>
> ¡Mujeres *fire-proof* a la pasión inertes,

hijas de la mecánica Venus *made in América*;
de vuestra fortaleza, la de las cajas fuertes,
es el secreto... idéntica combinación numérica!

Y caminábamos, mucho, muchísimo, deteniéndonos en museos, tiendas de *souvenirs*, librerías, edificios históricos, restaurantes, peleterías y todo aquello que pudiera convertirse en un recuerdo perdurable.

Pero la primera parada era frente a la puerta del número 727 de esa singular avenida, en la tienda insignia de Tiffany & Co., para tomar un café y un cruasán. Hacíamos nuestro *Desayuno en Tiffany's*, un homenaje cotidiano al enorme Truman Capote, quien reinventó el género periodístico con *A sangre fria* y al cual pudimos saludar de mano un día maravilloso mientras se tomaba una copa en el Bar King Cole del Hotel St. Regis. A mí, Capote me firmó una servilleta de tela que conservo como uno de los más preciados tesoros de la vida.

Así es Nueva York.

No somos aficionados al caviar ni a la champaña, excepto mi madre, a quien le encantaban. Ella decía, como una de sus mejores bromas, que solo se acostaría con una mujer sí esta fuera la Viuda de Cliquot (la marca de una de las más importantes champañas del mundo). Y en cada viaje, la llevábamos por lo menos una vez al Russian Tea Room en el número 150 de la calle 57 oeste, a comer un poco de caviar de beluga sobre pequeños panecillos tostados, mientras nosotros bebíamos cualquier cosa y la veíamos disfrutar. Tal vez era su único antojo, y no podíamos menos que concedérselo. Por lo demás, le entraba a todo y caminaba al ritmo como una verdadera sherpa rumbo a la cumbre del Everest.

Pasábamos siempre por la maravillosa Biblioteca Pública de Nueva Tork. En cada viaje buscábamos nuestro apellido en las computadoras de su impresionante catalogo (y sí, ahí estaban los libros de papá, de Paco y luego los míos), y nos regocijábamos como niños, mirándonos cómplices y con una socarrona sonrisa entre los labios. Si hacen una búsqueda en línea (https://legacycatalog.nypl.org), encontrarán catalogado el primer tomo de *Cuchara y memoria*, y yo sé que ustedes no me ven en este momento, pero tengo en la cara una sonrisa, por supuesto socarrona.

Si pusiera aquí todas las comidas sorprendentes que hemos hecho en Nueva York, necesitaríamos un tomo extra. Solo mencionaré que hemos comido comida brasileña, etíope, francesa, española, austriaca, tailandesa, varios tipos de comida china, japonesa, rusa, ucraniana, mexicana, belga, de las islas del Pacífico Sur, alemana, portuguesa, salvadoreña, filipina, india, marroquí... y muchas más.

Nueva York es el cuerno de la abundancia, el sombrero de copa del mago, el mapamundi del asombro, la mesa servida de la sorpresa. Estos dos tomos están llenos de Nueva York por todos lados; nosotros estamos llenos de la ciudad y de su gente. Nadie ha nacido en Manhattan (permítanme la exageración), así que es el paraíso de los migrantes de todas las nacionalidades del mundo, y por supuesto, de sus comidas. Por lo mismo, es imposible sentirse extranjero. No es parte de los Estados Unidos: es un territorio independiente.

Mis padres ya no están, pero seguimos yendo a Nueva York como si estuvieran, honrando su memoria, su espíritu aventurero, sus ganas de probarlo todo, su mirada abierta e inteligente, su enorme cultura —clásica y popular— y sus ojos y oídos atentos al mundo.

Cada vez que Imelda y yo tenemos la oportunidad de llegar a la Gran Manzana, nos sentamos con ellos a comer una crema de almeja estilo Boston en el Grand Central Oyster Bar, donde nos llevaron por primera vez.

Y, por supuesto, a comer un ¡enorme! sándwich de pastrami en Katz's Delicatessen (https://katzsdelicatessen.com), una verdadera institución neoyorquina desde 1888 que se ubica en el número 205 de la calle Houston este. Solo para estómagos resistentes, porque en este caso singular, el tamaño sí importa: más de medio kilo de pastrami recién cortado por compañeros mexicanos, puertorriqueños y colombianos —que además te dan tu probada—, puesto entre dos rebanadas de pan con un poco de mostaza, acompañado de pepinillos. Pero también hay *roast beef*, *corned beef*, pavo, jamón, lengua, salami, ensalada de huevo y una ensalada de col que es una verdadera joya.

Gerardo Tort y yo, en un arranque de locura nos pedimos un *Reuben Sandwich* para cada uno (*corned beef*, chucrut y toneladas de queso suizo), a las diez de la noche. Éramos más jóvenes y más bestias de lo que somos ahora. Esa noche soñé con la boa que se comió al elefante en *El principito*. Pero repetiría con los ojos cerrados, por el puro placer de estar otra vez en Nueva York.

Caminando por las calles, oigo la voz de papá, jocosa y clara, diciendo:

—¡Izquierda! ¡Derecha! ¡De frente!

Y mi propia voz, en alto, respondiendo siempre:

—*Yes, boss!*

Siguiendo esas instrucciones que nos conducen, siempre, a otra nueva revelación.

Ñoquis

Ñoquis

Busqué —lo juro, en mi cabeza y en otros lados— alguna comida que comenzara con la «Ñ», esa letra maravillosa que nos da idioma y sentido. Sin éxito. A no ser por los ñoquis, que aquí me dispongo a contar. También encontré el ñandú asado, esa especie de avestruz más pequeña y originaria de Sudamérica, que no he probado nunca.

Mi amiga María Maldonado cocina ñoquis de forma espectacular. Más de una vez he pasado la mañana amasando con ella para alimentar a una tribu de amigos hambrientos.

Y ya puestos a investigar, encontré hace tiempo una página que no podía llamarse de otra manera: https://www.ñoquis.net. Hoy en día no existe, pero ahí nos explicaban:

> Los ñoquis (plural de ñoqui), noquis, gnoquis o *gnocchi* (del italiano, plural de *gnocco*) es un tipo de pasta que se prepara con papa o patata como ingrediente principal, también con leche, harina y mantequilla. Se trata de una pasta en forma de bollos

> de pequeño tamaño con una textura acanalada muy particular, siendo este uno de sus principales rasgos. Luego de preparados, son hervidos en agua con sal. Es de origen italiano, pero se preparan en todo el mundo, especialmente en Argentina, Chile, España, México, Venezuela y otros países latinoamericanos junto con Estados Unidos.

Y luego nos contaban su historia, que aquí comparto:

> En cuanto a su origen e historia, este se encuentra en Italia. Se dice que todo comenzó en el siglo XVII, pues fue la época en la que el cultivo de la papa comenzó a desarrollarse en Europa. Allá se le conoce como *gnocchi*, un término italiano que significa «bollo».
>
> Ahora bien, según los registros del pasado, se dice que los ñoquis formaban parte de grandes banquetes, pero todo comenzó por causas de tipo económico y social, pues durante una época los comerciantes dueños de la harina de trigo incrementaron los precios de su producto.
>
> En consecuencia, los campesinos —quienes eran sus consumidores— se vieron en la necesidad de reemplazar este alimento por otros de menor costo. Fue así cuando recurrieron al puré de papa y comenzaron a preparar la pasta. Desde entonces los ñoquis se siguieron preparando en las cocinas europeas y se extendieron hasta llegar a América. En la actualidad varios países de América del Sur —como Argentina y Chile— tienen los ñoquis como uno de sus principales platos.

Así que originalmente los ñoquis eran una pasta de harina, leche, huevo y mantequilla, pero los de papa, como nos cuentan nuestros amigos, son sin duda los más populares.

Les doy ahora la receta:

Ñoquis (para cuatro personas)

1 kg de papas
250 g de harina
1 huevo
1/2 barra de mantequilla

Modo de preparar:

Cocer las papas y aplastarlas. Mezclar con la harina y el huevo hasta obtener una masa uniforme y maleable.

Luego tomar pequeñas porciones, darles forma y deslizarlas sobre un tenedor para «envolverlas».

Finalmente, hervir y bañar con la salsa de tu elección: pesto con piñones, boloñesa, crema… y siempre una lluvia de parmesano por encima.

Yo era gran fanático de un restaurante argentino que estaba en la colonia Condesa, llamado Quilmes y que lamentablemente cerró para siempre. Los jueves preparaban carne al horno con papas y pimientos, acompañada de ñoquis con salsa boloñesa. Era una verdadera maravilla. He intentado repetir la experiencia en casa, sin éxito aparente (se puede comer, pero no sabe cómo sabía aquello).

Los días 29 de cada mes se comen ñoquis en países del Cono Sur como Argentina y Uruguay. La tradición se apoya en una leyenda piadosa, que se remonta al siglo IV. De acuerdo con ella, un joven médico llamado Pantaleón (luego convertido en santo por la Iglesia católica) peregrinaba por Italia curando a los enfermos y ayudando a los pobres. En una de esas casas humildes, le compartieron un plato de ñoquis y él les auguró «un año de pesca y cosechas extraordinarias». Esta profecía se cumplió y, como su visita fue un día 29, se rememora desde entonces tal fecha. Además, cuando el santo se marchó, encontraron debajo de sus platos unas monedas de oro. ¡Ojalá Pantaleón se dé una vuelta por nuestra casa!

Los ñoquis son comida campesina: sencilla, amable, rica y milagrosa para todos.

Por lo menos para quienes creemos que la comida es uno de esos milagros laicos de todos los días, que alumbran el mundo y nos ponen de buen humor.

C

Olores, olivas y olivos

Olores

Tengo que confesar que siempre huelo todo lo que voy a comer. Algunos dicen que es de mal gusto, pero me da lo mismo. Sé a ciencia cierta que cerca del ochenta por ciento del sabor está asociado al olfato, y yo, al oler, ya empiezo a disfrutar antes siquiera de meterme la cuchara en la boca.

Leo en el cuarto volumen de la *Enciclopedia de conocimientos fundamentales*, publicada en 2010 por mi querida Universidad Nacional Autónoma de México, lo siguiente:

> El olfato es el sentido encargado de detectar y procesar los olores. Es un sentido químico en el que actúan como estimulantes las moléculas aromáticas u odoríferas que ingresan por el epitelio de la nariz.
>
> Los objetos olorosos liberan en la atmósfera pequeñas moléculas que se perciben al respirar. Estas moléculas son transportadas por difusión o arrastre a la porción superior de la nariz, donde se encuentra la mucosa olfativa, capaz de distinguir entre

más de 10 mil aromas diferentes [...]. Los 20 o 30 millones de células olfativas humanas contienen pequeños cilios. El moco nasal acuoso transporta las moléculas aromáticas a los cilios con ayuda de proteínas fijadoras y éstos, a su vez, transforman las señales químicas de los distintos aromas en respuestas eléctricas. Las prolongaciones nerviosas de las células olfativas en la parte superior y posterior de la nariz alcanzan el bulbo olfatorio, en el cerebro, que se encarga de la percepción de los olores.

[...] Los objetos olorosos liberan a la atmósfera pequeñas moléculas que, al inhalarse, son arrastradas hasta el fondo de la nariz, donde se encuentra el epitelio olfatorio. Ahí, las prolongaciones nerviosas de las células olfativas identifican dichas moléculas y transportan la información hasta el bulbo olfatorio, que se encuentra en el cerebro [...].

La información odorífera llega primero al sistema límbico y al hipotálamo, áreas responsables de las emociones, los sentimientos, instintos e impulsos. Allí se almacenan también los contenidos de la memoria y regulan la liberación de hormonas. Por esta razón muchos olores pueden modificar directamente el comportamiento y las funciones corporales.

Posteriormente, la información del olor alcanza la corteza del cerebro, donde se torna consciente.

Y ¡qué tan consciente! El olor del pan recién horneado nos hace babear al instante. Olemos lo que comemos, y la experiencia placentera se multiplica de esta manera. Los olores están íntimamente ligados a la memoria o los recuerdos. Como aquel olor que evoca Ramón López Velarde en su *Suave Patria*:

Tu barro suena a plata, y en tu puño
su sonora miseria es alcancía;
y por las madrugadas del terruño,
en calles como espejos, se vacía
el santo olor de la panadería.

Desde lejos puedo oler una paella puesta sobre el fuego; el efluvio dulzón del chocolate en un mole poblano; un dorado asado sobre brasas; el vino consumiéndose en el lento guiso de un *bœuf bourguignon*; el aroma de una buena sopa de cebolla; la potencia de una fabada en plena ebullición; los tacos al pastor recién cortados o un queso bien curado (el que sea, pero bueno). Muchos, muchísimos olores que me hacen caminar hacia ellos sin dudarlo.

Confió en mi nariz, en mi instinto, y —por supuesto— en todo lo que he aprendido con el paso del tiempo.

Olivas y olivos

Una oliva es una aceituna, y el olivo es un árbol perennifolio (que siempre tiene hojas) longevo (más que centenario), que puede llegar a medir hasta quince metros de altura y que da olivas, aceitunas.

Así que, el aceite que disfrutamos enormemente es de oliva, no de olivo (sacarle aceite a un árbol —aunque se puede— es tarea complicadísima y cara). Un olivo tarda entre tres y seis años en dar sus frutos, aunque depende mucho del clima y la variedad; hay algunas aceitunas que tardan hasta doce años en estar listas. Y un olivo puede vivir entre quinientos y mil años.

Rafael Alberti lo cuenta mucho mejor en su poema *¿Qué es un olivo?*:

> Un olivo
> es un viejo, viejo, viejo
> y es un niño

con una rama en la frente
y colgado en la cintura
un saquito todo lleno
de aceitunas.

Hubo una época en que conseguir aceite de oliva en México era casi imposible; por algún motivo no se importaba el producto en los años setenta. Pero mi madre, con su alma de contrabandista (heredada de su padre, que pasó pistolas en su pequeño barco mercante para la Revolución de Asturias de 1934), siempre se las ingeniaba. Iba con un bote grande de metal con tapa hasta el Mercado de San Juan, y ahí le trasvasaban el vital líquido para poder cocinar.

Si mal no recuerdo, el local se llamaba La Española o La Catalana, y mi mamá lo cuidaba como si se tratara de maná celestial: lo usaba solo para determinados platillos, no para todos.

Dicen que no se debería freír con aceite de oliva, aunque otros lo defienden apasionadamente. Yo soy de los segundos. Evito hacer frituras extensas y más bien lo uso para ensaladas, aliños, huevos que se hacen muy rápidamente y adquieren un sabor maravilloso.

Sin embargo, Hay una empresa especializada llamada Teleoliva, avecindada en Jaén (Andalucía), cuya página web (https://www.teleoliva.com) ofrece algunos consejos importantes que aquí transcribo:

> Para aprovechar todos los beneficios que te ofrece el aceite de oliva virgen en las frituras es importante que tengas en cuenta los siguientes consejos:

- Utiliza siempre aceite de oliva virgen o aceite de oliva virgen extra.
- No mezcles el aceite de oliva con otros tipos de aceite.
- Respeta el punto de cocción de cada alimento.
- Nunca calientes el aceite de oliva hasta que eche humo.
- Si en los rebozados añades una cucharada sopera de leche por cada huevo batido lograrás que los alimentos absorban menos aceites.
- Añade los alimentos a la sartén de forma progresiva, de este modo evitarás que la temperatura del aceite baje bruscamente.
- Utiliza papel de cocina absorbente para que los alimentos ya fritos puedan escurrir adecuadamente el aceite.
- Antes de añadir los alimentos a la sartén procura que estén secos, de esta forma no salpicarán cuando entren en contacto con el aceite.
- Se debe mantener separado el aceite que se utiliza para freír pescados del aceite que se utiliza para freír otro tipo de alimentos.
- Una vez acabada la fritura y cuando la temperatura del aceite haya descendido, este debe filtrarse utilizando un colador, ya que cualquier resto de alimento, además de interferir en el aroma del aceite, puede acelerar el proceso de descomposición química.

Si bien la afirmación de que el aceite de oliva no es adecuado para freír está muy extendida, también habrás podido observar que es absolutamente falsa. De hecho, por su gran estabilidad se puede concluir que el aceite de oliva virgen extra es la mejor grasa vegetal para freír alimentos.

No obstante, también debes tener presente que la fritura

añade muchas calorías a los alimentos y por ello no es una de las técnicas de cocción principales que se contemplan en la dieta mediterránea. Por lo tanto, debe optarse por freír los alimentos solo de forma esporádica.

Los doce mandamientos del aceite de oliva, pues. Y en Jaén deben saber del asunto; tanto, que el magnífico poeta Miguel Hernández tiene un texto titulado *Andaluces de Jaén...* que copio en estas páginas para deleite de todos:

Andaluces de Jaén,
aceituneros altivos,
decidme en el alma: ¿quién,
quién levantó los olivos?

No los levantó la nada,
ni el dinero, ni el señor,
sino la tierra callada,
el trabajo y el sudor.

Unidos al agua pura
y a los planetas unidos,
los tres dieron la hermosura
de los troncos retorcidos.

Levántate, olivo cano,
dijeron al pie del viento.
Y el olivo alzó una mano
poderosa de cimiento.

Andaluces de Jaén,
aceituneros altivos,
decidme en el alma: ¿quién
amamantó los olivos?

Vuestra sangre, vuestra vida,
no la del explotador
que se enriqueció en la herida
generosa del sudor.

No la del terrateniente
que os sepultó en la pobreza,
que os pisoteó la frente,
que os redujo la cabeza.

Árboles que vuestro afán
consagró al centro del día
eran principio de un pan
que solo el otro comía.

¡Cuántos siglos de aceituna,
los pies y las manos presos,
sol a sol y luna a luna,
pesan sobre vuestros huesos!

Andaluces de Jaén,
aceituneros altivos,
pregunta mi alma: ¿de quién,
de quién son estos olivos?

Jaén, levántate brava
sobre tus piedras lunares,
no vayas a ser esclava
con todos tus olivares.

Dentro de la claridad
del aceite y sus aromas,
indican tu libertad
la libertad de tus lomas.

El aceite de oliva sirve para conservar alimentos (atunes, mariscos, escabeches), elaborar jabones y cremas, tratar afecciones de la piel y, según se dice, prevenir enfermedades cardiovasculares. También se emplea para marinar carnes, aderezar ensaladas, darles gracia y sabor e, incluso, en la preparación de postres. Yo he probado un helado de aceite de oliva verdaderamente espectacular.

Los principales productores de aceite de oliva en el mundo son España —por supuesto—, Italia, Grecia, Túnez, Turquía, Portugal y Siria. Sin embargo, debo decir que he probado, y tengo en casa, un aceite mexicano que les da la pelea con gran dignidad: se llama Olivo del Cielo, se produce en Tamaulipas (¡créanme!).

Sin aceite de oliva no existiría el alioli, la tortilla de patata no sabría igual y las pastas no tendrían esa gracia suya tan particular. Me gusta tanto que siempre he dicho que, el día que me toque recibir los santos óleos, por favor que sea con aceite de oliva de Jaén.

Y en cuanto a las aceitunas —esas delicias verdes y negras, aunque también las haya violetas o moradas— están presentes tanto en *El Quijote* («No faltaron aceitunas, aunque secas y sin adobo alguno, pero sabrosas y entretenidas») como en la *Odisea*, donde se alude con frecuencia al olivo, su madera, su fruto y su aceite. Incluso la cama nupcial de Ulises y Penélope está construida en el hueco de un olivo inmenso. Por su parte, después del diluvio, Noé envía una paloma en busca de tierra firme, y esta vuelve con una rama de olivo en el pico (porque supongo que la aceituna ya se la había comido antes).

Acabo de descargar gratuitamente de la página del Consejo Oleícola Internacional (https://www.internationaloliveoil.org) su *Enciclopedia mundial de la aceituna* —¡existe tal cosa!—, y no pretendo abrumarlos con la inmensa cantidad de información técnica que contiene.

Existe también el *Catálogo mundial de variedades de olivo*, disponible en el mismo sitio, que clasifica por país las distintas aceitunas, sobre todo de la cuenca del Mediterráneo. ¡Hay más de doscientos cincuenta!

Entre todas ellas, algunas destacan por su historia, sabor y presencia en la producción mundial. A continuación, comparto las dieciocho variedades más importantes de España, según la página web de Teleoliva:

Aloreña
Esta aceituna cuenta con denominación de origen y es mayoritaria en Álora (Málaga). Se caracteriza por su tamaño redondeado y en su zona originaria suele emplearse como aceituna de mesa.

Arbequina
Se caracteriza por dar lugar a un aceite de oliva extraordinario, con

sabor dulzón y toques de almendra y manzana. Se trata de una variedad cultivada en Cataluña y Aragón.

Blanqueta
Se produce principalmente en las comarcas del norte de Alicante y se caracteriza por ofrecer un aceite ligeramente dulce, afrutado y que puede presentar distintas intensidades en su sabor.

Cordobesa
Se caracteriza por ser una aceituna tratada en salmuera cuyo periodo de curación dura un año, dando lugar finalmente a una oliva salada, con sabor a ajo macerado, de consistencia dura y de color marrón oscuro.

Cornicabra
A esta aceituna se la conoce también con el nombre de cornezuelo, osnal, pico de loro o ramona. Se produce en Toledo y se caracteriza por dar lugar a un aceite afrutado, muy aromático y ligeramente amargo.

Cuquillo
También conocida como **Lechín de Granada,** esta aceituna es producida en Granada, Almería y Murcia. El aceite que se obtiene de la misma es aromático, posee un toque de almendra y manzana lo que le otorga un sabor dulzón.

Empeltre
Esta aceituna se produce en la Sierra del Moncayo y en el Bajo Aragón. Se caracteriza por ofrecer un aceite muy afrutado, aromático y dulce.

Gordal

Se trata de una aceituna de mesa que posee un peso medio por fruto de doce gramos, por lo tanto, se trata de una oliva de gran tamaño y es muy apreciada precisamente por esta característica. Posee un gran sabor y se produce en Sevilla.

Hojiblanca

Esta aceituna se produce en Córdoba, Sevilla y Málaga. Da lugar a un aceite con toques de manzana y plátano, muy dulce y aromático.

Lechín

De esta aceituna se obtiene un aceite dulce con aroma a hierba recién cortada y un toque suave de manzana. Se produce en la Sierra Morena Cordobesa y Sevillana.

Manzanilla cacereña

Como su nombre indica, se trata de una aceituna producida en Cáceres y que se caracteriza por un alto contenido graso y un sabor suave, pero con algunos matices picantes.

Manzanilla sevillana

Este tipo de aceituna se cultiva principalmente en Sevilla, donde es muy apreciada. Se utiliza como aceituna de mesa y su fama es internacional, por ello no nos debe extrañar que se cultive también en Israel, Australia, Argentina y Estados Unidos.

Obregón

Se trata de otra aceituna producida también en Sevilla. Esta oliva se aliña con hierbas y se aprecia principalmente por su sabor fuerte y amargo y por su gran tamaño.

Picual
También conocida como marteña, lopereña o nevadillo blanco, esta aceituna da lugar a un aceite cuyo índice de grasas totales es el más alto y destaca por un olor y sabor afrutado. Se produce en Jaén.

Picudo
Esta aceituna se produce en Córdoba y se caracteriza por ofrecer un aceite con un intenso gusto a almendra y un sabor fresco y ligeramente dulce.

Serrana de Espadán
Esta variedad de aceituna es autóctona de las sierras del Levante español. Se emplea para obtener un aceite afrutado y fino que obsequia nuestro paladar con matices de trufas, almendras e higos.

Verdeja
También conocida como castellana, esta aceituna se produce en Guadalajara y Cuenca para la obtención de un aceite caracterizado principalmente por ser muy afrutado y aromático, que en ocasiones deja un leve sabor picante en la boca.

Verdial
Existen tres variedades de aceituna verdial: Verdial de Huevar, Verdial de Vélez-Málaga y Verdial de Badajoz. Se las conoce con este nombre ya que su peculiaridad es mantener el color

verde a pesar de que ya hayan madurado. Dependiendo de la variedad se producen en Málaga, Badajoz, Huelva y Sevilla.

Y me despido con una leyenda urbana que alguien me contó hace mucho tiempo: ¿por qué se le ponen aceitunas al martini?

Me dijeron que la ginebra se destilaba en alambiques de cobre y que ese destilado resultaba altamente tóxico (más tóxico que la propia ginebra, lo cual ya es mucho decir). Según esta versión, la aceituna absorbía el exceso de cobre, y por eso no había que comérselas después del trago.

No sé si sea cierto —nunca encontré una fuente confiable que lo confirmara—, pero por si acaso, siempre tiré las aceitunas. Y Luis Buñuel, por cierto, jamás le puso una aceituna a sus martinis.

Yo las prefiero en un plato... y de preferencia, rellenas de anchoas.

P

Pan

Pan

Debe ser un tema genético, de herencia o de pura y llana costumbre, pero no sé comer sin pan a mi lado; incluso lo resiento cuando como comida japonesa o china, porque siento que las salsas se desperdician en el plato, y son tan buenas que me invade una tristeza inconmensurable.

El pan, ese alimento primordial y forjador de civilizaciones enteras, tiene una historia milenaria. De acuerdo con el sitio web de la Confederación Española de Panadería, Pastelería, Bollería y Afines (https://www.ceoppan.es), se han encontrado hornos que datan de alrededor del año 4000 antes de nuestra era y que pudieron haber servido para cocinar pan (aunque su invención se remonta posiblemente a miles de años antes, en formas más rudimentarias). No sabemos quién fue el primero en concebir esas joyas, pero desde aquí le aplaudo y le agradezco. En el sitio del podcast de historia *Que vuelen alto los dados* (https://quevuelenaltolosdados.com/), se cuenta que fueron los egipcios quienes emplearon la levadura y lograron separar la cascarilla del trigo. En la tumba del funcionario Ti, datada en el año 2600 antes de nuestra era, se encuentran plasmados con detalle los sistemas que utilizaban entonces para elaborar pan.

En el mismo sitio, se explica cómo los griegos perfeccionaron las técnicas de molienda, obtuvieron harinas más finas y propagaron sus saberes por toda la cuenca del Mediterráneo. En Roma, hacia el siglo II antes de nuestra era, el oficio de panadero se institucionalizó como tal, con panaderías públicas y profesionales reconocidos.

El pan y sus múltiples formas de preparación se diseminaron por el mundo hasta convertirse en un alimento esencial de la humanidad: sustento para los pobres, acompañamiento para los ricos. A lo largo de la historia, ha sido causa de amores, y se podría decir que también de guerras.

A tres calles exactas de la casa de mis padres, en la Roma Sur, en la esquina de Insurgentes con Baja California, estaba la panadería La Espiga, donde todos los días —de lunes a viernes— acudíamos con una bolsa en la que nos llevábamos al menos tres *baguettes* grandes para la comida. Íbamos Carlos (mi hermano); Guille y Conchita (las empleadas domésticas), y yo mismo, dependiendo a quién le tocara ese día.

Mi mamá siempre sabía si yo había ido después de la escuela por el pan, porque invariablemente alguna de las puntas de una *baguette* estaba roída. «Puedo resistirlo todo, excepto la tentación», decía Oscar Wilde, y yo lo corroboraba.

El aroma de la panadería es tal vez el olor más delicioso del mundo, solo después, claro, del aroma que despide mi mujer.

En la célebre última cena —que Leonardo da Vinci pintó tan bien—, Jesucristo comparte con sus discípulos el pan y el vino, y al repartir la hogaza dice: «Tomen y coman, esto es mi cuerpo», un pan primigenio y sacramental, que luego se convirtió en hostia para la comunión y la memoria en las misas.

Hay pan en toda nuestra historia.

Incluso en las mentiras. Dicen que María Antonieta, reina de Francia y esposa de Luis XVI, al enterarse de que el pueblo se estaba sublevando porque no tenía pan, pronunció la frase lapidaria: «¡Que coman pasteles!». Pero esto no está comprobado en lo absoluto.

En los campos de concentración nazis, un trozo de pan era un tesoro capaz de hacer la diferencia entre la vida y la muerte. Ahí mismo, muchos seres heroicos y solidarios, que literalmente se quitaron el pan de la boca para compartirlo, marcaron la diferencia entre la humanidad y la barbarie.

Pablo Neruda, una vez más, no pudo fallarle al pan en sus *Odas elementales*. Y lo cito:

Pan,
con harina,
agua
y fuego
te levantas.
Espeso y leve,
recostado y redondo,
repites
el vientre
de la madre,
equinoccial
germinación
terrestre.

Pan,
qué fácil
y qué profundo eres:
en la bandeja blanca
de la panadería
se alargan tus hileras
como utensilios, platos
o papeles,
y de pronto,
la ola
de la vida,
la conjunción del germen
y del fuego,
creces, creces
de pronto
como
cintura, boca, senos,
colinas de la tierra,
vidas,
sube el calor, te inunda
la plenitud, el viento
de la fecundidad,
y entonces
se inmoviliza tu color de oro,
y cuando se preñaron
tus pequeños vientres
la cicatriz morena
dejó su quemadura
en todo tu dorado
sistema

de hemisferios.
Ahora,
intacto,
eres
acción de hombre,
milagro repetido,
voluntad de la vida.

Oh pan de cada boca,
no
te imploraremos,
los hombres
no somos
mendigos
de vagos dioses
o de ángeles oscuros:
del mar y de la tierra
haremos pan,
plantaremos de trigo,
la tierra y los planetas,
el pan de cada boca,
de cada hombre,
en cada día,
llegará porque fuimos
a sembrarlo
y a hacerlo,
no para un hombre sino
para todos,
el pan, el pan
para todos los pueblos

y con él lo que tiene
forma y sabor de pan
repartiremos:
la tierra,
la belleza,
el amor,
todo eso
tiene sabor de pan,
forma de pan,
germinación de harina,
todo
nació para ser compartido,
para ser entregado,
para multiplicarse [...].

En el caso de la panadería mexicana —que recibió influencia española en un inicio, luego francesa y, finalmente, vienesa (de lo poco que nos dejó Maximiliano de Habsburgo, tan sobrevalorado el muchacho)—, hay mucho que decir, porque posee una riqueza y singularidad únicas. Cristina Barros y Marco Buenrostro, académicos y especialistas en gastronomía, lanzan una muy bella hipótesis en su texto publicado en 2007, *Panaderia mexicana: formas con sabor* https://www.revistaciencia.amc.edu.mx/images/revista/58_2/PDF/07-563.pdf que aquí comparto:

> Llama la atención la enorme variedad de panes que existen en nuestro país; con certeza no la iguala otra nación en el mundo. La panadería surge con la llegada de los españoles, que trajeron el trigo; nunca imaginaron que los trabajadores de los

amasijos mexicanos iban a convertir en arcilla la masa hecha de harina de trigo para crear infinidad de formas, e iban a echar también al vuelo su imaginación al nombrar a cada uno.

Desde la época prehispánica la producción alfarera fue de gran calidad. Se usaron distintas calidades de barros; se lograron piezas delgadas, otras bellamente decoradas con rayado, pastillaje, mezclas de barros distintos, pinturas… En la época prehispánica se elaboraban además muy distintos tamales; los hacían en forma de saetas, de flores, enrollaban masa de colores, maíz y frijol, por ejemplo, y al cortarlos daban la apariencia de caracoles. Tamales de muy diversas formas como ofrenda a los dioses; las tortillas y otras preparaciones de masa de maíz eran también muy variadas. Con semilla de amaranto reventado y miel de maguey, se hacían las más complejas formas. Por ejemplo, el dios Huitzilopochtli se construía de tamaño natural con esta pasta llamada *tzoalli*, sus dientes eran granos de maíz; sus ojos, turquesas. No era nuevo para los indios hacer un uso artístico de las masas.

Y los nombres de los panes no se quedan atrás. En una entrada publicada en 2019 en el blog *Panadería mexicana* (https://lapanaderiamexicana.blogspot.com), dedicada a los distintos tipos de pan tradicionales de México, se enlistan al menos trescientas treinta variedades. Aquí comparto algunas, por simple curiosidad… y por glotonería pura y dura: acambaritas, adelaidas, alacranes, alamares, alcatraces, almejas, almohadas, banderillas, besos, bicicletas, bigotes, birotes, bolillos, bonetes, cabeza de negro, calcetines, calzones, campechanas, canastas, capitulados, cemas empanochadas, chamucos, chimisclanes, chorreadas, cocoles, conchas, cubiletes, dedos de reina, encimadas, espigas, gachupines, garibaldis, hojaldras, ladrillos, mamones, marranitos, nenas, ojos de pancha, pañalitos, ratones, regañadas, tejas, trompadas, viejitas, yemitas, yoyos y, por supuesto, ¡pan de muerto!

Entrar a una panadería mexicana es adentrarse en un universo.

Según la Cámara Nacional de la Industria Panificadora, en México se consumen en promedio 33.5 kilogramos de pan por persona al año, de los cuales el setenta por ciento corresponde al pan blanco, y el resto al pan dulce, bizcochos, galletas y pasteles.

El pan que llegó originalmente de Europa se volvió tan mexicano, que ni los propios europeos lo reconocerían hoy como suyo.

Química de los sabores

Química, física y cerebro

La Dirección de Comunicación de la Ciencia de la Universidad Veracruzana incluye en su blog (https://www.uv.mx/cienciauv/) una entrada titulada «La química del sabor», publicada originalmente en el *Diario de Xalapa* el 26 de agosto de 2014. El texto, firmado por Raúl Colorado Peralta y José María Rivera —investigadores de la Facultad de Ciencias Químicas-Orizaba de la misma universidad—, explica:

> El sabor es la sensación que producen los alimentos u otras sustancias en el gusto. Dicha impresión a los componentes químicos de los alimentos está determinada en un 80% por el olfato y el 20% restante por el paladar y la lengua. Por eso cuando una persona está congestionada siente que los alimentos no tienen sabor. Por otro lado, existen pequeñas estructuras en la superficie superior de la lengua llamadas papilas gustativas. Se componen de un grupo de células receptoras, que están conectadas a ramificaciones nerviosas que envían señales al cerebro. La

> lengua humana tiene alrededor de 10 000 papilas gustativas; dependiendo de su localización en la lengua tienen la habilidad de detectar mejor cierto tipo de estímulos o sabores.
>
> Actualmente conocemos cinco sabores: dulce, salado, amargo, ácido, y umami. Se considera que el sabor dulce y salado se detecta en la punta de la lengua, el amargo en la zona posterior, mientras que el sabor ácido y el sabor umami son captados en los laterales y en la zona intermedia de este órgano, aunque estudios recientes indican que la distribución podría ser más uniforme en toda la lengua.
>
> Los alimentos que introducidos en la boca son disueltos en la saliva, penetrando las papilas gustativas a través de los poros que hay en la lengua. Estas células nerviosas poseen en su parte superior unos filamentos que dan respuesta a estas sustancias, generando un impulso nervioso que llega al cerebro y se transforma en una sensación: el sabor. Además del efecto químico que se produce en las papilas y que induce la sensación del gusto, existen otras propiedades del alimento que son de carácter táctil. Estas propiedades tienen que ver con la parte física del objeto; es decir, su tamaño, textura, consistencia y temperatura.

Hasta aquí, queda claro: dulce, amargo, salado, ácido y umami son los cinco sabores primarios reconocidos por nuestras papilas gustativas y procesados por el cerebro.

Sigo con el mismo artículo:

> El sabor dulce es aceptado de manera global como uno de los sabores más placenteros. Se detecta principalmente en las papilas gustativas de la punta de la lengua [...].

El sabor amargo es interpretado como desagradable en muchas culturas debido a que la mayoría de los venenos son amargos en su sabor. Se detecta mediante las papilas gustativas ubicadas en la parte posterior de la lengua.

El sabor salado responde a la capacidad específica de las papilas gustativas ubicadas a ambos lados de la parte delantera de la lengua. La detección se hace mediante canales iónicos capaces de detectar los iones solubles de sodio, potasio y otros metales alcalinos. La sal añadida a un alimento tiene efectos potenciadores del sabor, los cuales contribuyen al gusto delicioso de los alimentos, aumentando el sabor de otras sustancias. ¿Has probado un guacamole sin sal?...

El sabor ácido a menudo se identifica también con el sabor agrio, es detectado por las papilas gustativas de la lengua ubicadas a ambos lados de la parte posterior de la misma. Los sensores de las papilas gustativas detectan mediante canales iónicos los iones hidronio que se forman al haber ácidos en presencia de agua. Ejemplos de dicho sabor son: ácido tartárico (uvas), ácido cítrico (naranja, limón), ácido málico (manzana), ácido láctico (leche).

Y no hablaré aquí del umami, ya que ese sabor tendrá su propio capítulo hacia el final de este libro.

El sabor, entonces, es un desencadenante tanto químico como físico: lo que comemos desencadena respuestas complacientes o desagradables en el cerebro, dependiendo de lo que nos metamos en la boca. Pero, sin duda, esta es una manera un poco áspera de expresarlo. Yo prefiero la poesía a la química cuando se trata de hablar de comida y de las sensaciones y sentimientos que provoca.

Busco en internet las palabras «sabores y memoria» para intentar entender cómo se vinculan nuestros recuerdos con respecto a lo que comemos. Pero lo que aparece en primer lugar es una nómina de alimentos para «mejorar la memoria» (¡estos tiempos tan *new age*!).

Sin embargo, encuentro también un comentario muy interesante del neurocientífico Hadley Bergstrom, de la Universidad de Vassar (Estados Unidos), citado por el periódico *HuffPost* el 29 de mayo de 2017: «La memoria del gusto tiende a ser la más fuerte de las memorias asociativas». Según explica, esto se debe a una estrategia de supervivencia conocida como aversión condicionada al sabor.

«Ese hongo supo extraño, resultó tóxico y me sentó mal»: los sabores quedan asociados a nuestra capacidad de distinguir lo bueno y lo malo, de manera que activamos los recuerdos para evitar que una experiencia negativa vuelva a suceder.

Un artículo del canal internacional de noticias *RT*, publicado el 25 de marzo de 2019 en su sitio web (https://actualidad.rt.com), detalla qué parte del cerebro está involucrada en la percepción los sabores. Aquí lo cito:

> Científicos de la Universidad Cornell de Nueva York (Estados Unidos) estiman que la corteza insular del cerebro, ubicada dentro del surco lateral de los hemisferios, es la que nos permite reconocer los sabores.
>
> Para llegar a esta conclusión, estos especialistas realizaron resonancias magnéticas funcionales a una veintena de personas con vistas a determinar de qué manera distingue los sabores el sistema nervioso y cómo decodifica las señales que mandan las papilas gustativas de la lengua.

> Ciertas técnicas novedosas que «analizan los patrones de actividad de grano fino» permitieron que estos expertos encontraran «una parte específica de la corteza insular», ha explicado a Cornell Chronicle Adam Anderson, experto en ciencia cognitiva que formaba parte del equipo investigador.
>
> Esa región no era la única que se activaba cada vez que los participantes de las pruebas comían algo, pero los fisiólogos descartaron gran parte de otras respuestas cerebrales, como la que el cuerpo ofrece al disgusto que sentimos cuando comemos algo agrio o amargo [...].
>
> En las pruebas se reveló que los distintos sabores no afectan a diferentes partes de la corteza insular, sino que provocan que tenga diferentes patrones de actividad. Sin embargo, en la tomografía que reflejaba la actividad neuronal una sección particular se iluminaba siempre que una persona probaba algo dulce.
>
> Al parecer, todos tenemos ese «punto dulce» y nuestros cerebros tienen distintos «cableados». Sin embargo, en algunos individuos respondía también a otros sabores, pero con distintos patrones de actividad, por eso Anderson ha subrayado que «para saber qué están probando las personas debemos tener en cuenta no solo dónde se estimula la ínsula, sino también cómo».

Todo eso es muy científico, sí, pero ninguna resonancia magnética puede explicar por qué la sopa de tu abuela te remite a tu infancia o a cierto momento en que fuiste feliz.

Yo, por mi parte, soy feliz comiendo. Y contando lo que como.

Ranas, recetas y revoluciones

El arte de comer ranas

Fue, por supuesto, en París (¿dónde más?) donde comí por primera vez ancas de rana, con bastante reticencia, para ser franco. Eran grandes —más grandes que la palma de mi mano—, rebozadas y dispuestas artísticamente en un plato, con rodajas de limón a los lados y ramitas de perejil como adorno.

El primer bocado fue sin duda el más difícil. Alguna vez tuve una rana verde de ojos saltones como mascota. Mi cerebro me remitía a Toby (así se llamaba) y a los días felices que pasamos juntos, hasta que lo llevé al estanque del Parque México en la Condesa para que fuera libre... y un pato se lo comió en cuestión de segundos.

Pues bien, con el anca de rana en la boca descubrí que los parientes lejanos de Toby sabían mucho mejor de lo que pensaba, más allá entonces de lo que tenía a simple vista. De carne delicada y sabrosa, las ancas son un plato tradicional en algunas regiones de Europa, y nuestros antepasados prehispánicos también las comían con gusto. En la carretera hacia

Morelia, muy cerca del lago de Cuitzeo, probé un caldo de rana con tomate verde que estaba espectacular; y he oído hablar de un mole de rana en el Estado de México que no he tenido la fortuna de probar todavía.

Y ahí van algunas curiosidades: leo en internet que Indonesia es el mayor exportador mundial de carne de rana, con más de cinco mil toneladas al año (me parece una cifra exagerada, así que conviene no creerle todo al señor Internet). Sus principales destinos son Francia, Bélgica y Luxemburgo.

En Aranjuez (Comunidad de Madrid, España), donde el guitarrista Joaquín Rodrigo se inspiró en 1939 para su famoso *Concierto de Aranjuez* —que en este momento suena en las bocinas de mi computadora—, las ancas de rana se comen desde hace siglos, al ajillo o a la romana, extraídas del río Tajo y puestas en los platos de los golosos clientes que las consideran una delicia.

El renombrado restaurante madrileño Lhardy las incluía en su carta, y dicen que la reina Isabel II del Reino Unido alguna vez las probó y las elogió generosamente.

No es común encontrarlas en los menús de los restaurantes en México, pero parece que el Salón Los Portales, en el Centro Histórico de la Ciudad de México (del que ya hablé en el apartado de «Cantinas» en el primer tomo de *Cuchara y memoria*), las sirve... y nadie se ha quejado hasta ahora.

Mis amigos de *Animal Gourmet* publicaron el 23 de marzo de 2021 un artículo titulado «Por qué deberíamos rescatar la tradición de comer ranas» y aquí comparto algunos párrafos y argumentos:

> Comencemos por lo más básico: mientras cien gramos de carne de res aportan 250 calorías, de la rana se obtiene menos de la

> tercera parte. Tienen el 17 % de su volumen en proteína, lo cual también es un beneficio a la hora de incluirlas en una dieta.
>
> Más allá del *deber ser* nutricional, las ranas son versátiles a la hora de cocinarlas. Su sabor es neutro y la textura más bien blanda, motivo por el cual suelen compararse con el pollo. Aunque pueden aprovecharse casi en su totalidad, las ancas —la parte de la cintura para abajo— son lo que más se consume por tener más carnita [...].
>
> Hoy en día existen granjas dedicadas a cultivar ranas con fines gastronómicos. Nemi Natura, en el bosque de Zitácuaro, es una de ellas y sus productos no son nocivos para el medio ambiente, sino que incluso colaboran con la biodiversidad del espacio y crecen a la par de las truchas arcoíris.
>
> La rana toro —cuyo nombre adquiere en referencia a que los machos emiten un sonido similar a los mamíferos cuando es hora de aparearse— es la especie más valorada porque su crianza responsable se alinea con estos fines: aprovecha el ecosistema y es parte fundamental de la cadena alimenticia. A la par, produce carne nutritiva y de buen sabor.
>
> Generalmente crecen en granjas similares a las de acuacultura rural, pero con un clima controlado de mucho calor y humedad. Así, las ranas crecen bajo condiciones controladas, pero su entorno es casi el mismo que en la naturaleza.

Probar es la mejor manera de formarse una opinión al respecto. Yo ya lo hice, pero no he logrado sacarme a Toby de la cabeza en todos estos años.

Y si tienen una rana como mascota, por favor, jamás se les ocurra «liberarla» en el estanque de un parque con patos.

Recetas

Lo he dicho ya varias veces a lo largo de estos libros: mi madre no escribía las recetas de los platillos con los que nos agasajó tantas veces. Todo estaba en su cabeza, y muchos de sus secretos se fueron con ella. Algunos tuvimos la fortuna de verla cocinar y guardamos, en nuestras propias memorias, esas joyas que ponía en la mesa con una generosidad a prueba de balas.

Es cierto, sin embargo, que los recetarios escritos —desde tiempos antiguos— han logrado que podamos seguir probando maravillas que de otra manera se habrían perdido en la noche de los tiempos. Ya he hablado de algunos recetarios importantes, e incluso he comentado alguno apócrifo, como el de don Leonardo da Vinci.

Hay decenas, cientos, miles de recetarios a los que podemos acudir para transformar nuestra cocina en ese laboratorio alquímico y mágico de sabores, texturas y olores. Pero seguirlos al pie de la letra no siempre lleva a resultados satisfactorios (lo he visto y probado muchas veces). Aun así, y en beneficio de quienes amablemente están al otro lado de estas líneas, compartiré aquí —por gusto personal, sin discutir: que cada quien elija los suyos— algunos que considero capaces de brindar una experiencia gratificante, divertida y muy sabrosa.

No están organizados en orden alfabético ni por fecha de edición. Son de fácil acceso y valen la pena. Los he usado y leído en muchos casos, y me resultan infalibles... siempre y cuando te guste cocinar. De no ser así, evítalos, por favor y deja otros lo intenten. Tú solo come con gusto y disfruta. Mucho, por favor.

Cocina esencial de México, de Diana Kennedy

Diana Kennedy, investigadora mexicana de origen británico, dedicó su vida a indagar en los fogones y ollas de nuestra geografía, y plasmó sus experiencias en varios libros imprescindibles. Recibió una infinidad de premios durante su fecunda vida, y en este recetario reúne algunos de los platillos más tradicionales de México. Por la profundidad de sus investigaciones sobre la gastronomía nacional, fue considerada siempre como una mexicana más.

Este recetario no solo contiene las fórmulas para elaborar platillos paso a paso, sino también anécdotas y observaciones inteligentes. Vale mucho la pena. Como muestra, un botón: su comentario a la receta de los ostiones pimentados, que se sirven en el restaurante Las Diligencias, en Tampico, Tamaulipas:

> Cuando trato de escribir recetas como esta, puedo escuchar mi voz y otras más diciéndome: «¡Es un crimen! Los buenos

ostiones se comen crudos». Sí, pero esta forma de comerlos resulta interesante y constituye una sabrosa botana para acompañar las bebidas o, de manera ecléctica, como primer plato, acompañado de delgadísimas rebanadas de pan negro. Ahora que lo pienso, no a todo el mundo le gustan los ostiones crudos, pero en cambio consumirán, felices, una lata entera de ostiones ahumados. ¡Basta de excusas! Estos ostiones pueden servirse calientes o a temperatura ambiente, preferiblemente en su concha. La champaña constituye un acompañante maravilloso.

El arte de la cocina francesa, de Julia Child, Simone Beck y Louisette Berthole

Un verdadero clásico. Julia Child, estadounidense, se mudó a París a final de los años cuarenta y descubrió que el mundo es más ancho —y ajeno— de lo que le habían enseñado en casa. Decidió, junto con sus amigas Simone Beck y Louisette Berthole, hacer un recetario de auténtica comida francesa a prueba de errores, pensado para que cualquier ama de casa del Medio Oeste de Estados Unidos pudiera sorprender a sus invitados. Después de muchísimo trabajo e incontables platillos que terminaron en la basura, lograron editar esta pieza detallada y absolutamente pedagógica, que guía paso a paso a cualquier lector con un poco de sentido común y comprensión lectora a preparar en casa algunas de las maravillas de la cocina gala.

El libro está dividido por capítulos: sopas, salsas, huevos, entradas y platos para el almuerzo; pescado, aves, carnes, verduras y hortalizas; platos fríos y postres y pasteles. Está ilustrad con dibujos muy retro, pero claros en su propósito. Julia Child revela desde muy temprano el gran secreto de la cocina francesa: ¡la mantequilla! Y de preferencia, en cantidades más que generosas.

Su comentario sobre la salsa holandesa bien vale la pena ser citado:

> La salsa holandesa se prepara con yemas de huevo tibias y jugo de limón, mezcla a la que se incorpora poco a poco mantequilla para convertirla en una salsa amarilla, cremosa y espesa. Probablemente es la más famosa de todas las salsas, y a menudo la más temida, pues el huevo puede cuajarse y estropearla. Es muy fácil de preparar y con la batidora eléctrica prácticamente no hay margen de error.
>
> De todas formas, consideramos que es muy importante aprender a prepararla a mano, puesto que todo buen cocinero conoce los caprichos de las yemas de huevo en ciertas condiciones. La receta que presentamos aquí se hace en unos cinco minutos, casi tan rápido como la batidora. Es uno de los muchos métodos utilizados para las holandesas, todas persiguen el mismo resultado: hacer que las yemas de huevo absorban la mantequilla y la mantengan en una suspensión cremosa.

Me cae bien la señora Child, y cuando la interpreta Meryl Streep en la película *Julie & Julia* (2009), escrita y dirigida por Nora Ephron, me cae doblemente bien.

¡Consíganse el libro y una buena dotación de la mejor mantequilla que puedan encontrar!

Colección «Cocina Indígena y Popular»

La Dirección de Culturas Populares del extinto Consejo Nacional para la Cultura y las Artes creó una serie de recetarios que recuperan la sabiduría ancestral de los pueblos originarios de México. Hoy en día, estos materiales están disponibles gratuitamente en internet.

Con títulos como *Recetario nahua del norte de Veracruz*, *Recetario maya de Quintana Roo*, *Recetario nahua de Morelos* o *Comida de los tarahumaras*, los primeros siete de la serie pueden consultarse en la siguiente dirección: https://culturaspopulareseindigenas.cultura.gob.mx/index.php/modulestyles/publicaciones/156-publicaciones/cocina-popular-e-indígena.

Otros diecisiete títulos igualmente sugerentes —como *Así se come en Tlaxcala*, *Cocina otomí de Querétaro* o *Cocina tradicional jerezana* (de donde era originario Ramón López Velarde)— pueden encontrarse en esta otra liga: https://culturaspopulareseindigenas.gob.mx/index.php/proyectos/618-recetarios.

No se trata solo de una nómina de recetas, sino también de crónicas avezadas —y en ocasiones divertidas— sobre la forma de comer de los pueblos, tal vez la más sincera de nuestras tradiciones.

Si buscan un recetario especial, confíen en sus amistades, escuchen sus recomendaciones. Y si tienen uno familiar, heredado de madres o abuelas, guárdenlo como un verdadero tesoro.

Revoluciones

Comenzamos, los seres humanos, comiendo lo que estaba a nuestro alcance: frutos, raíces, bayas salvajes y pequeños animales. La caza y la pesca vinieron después y supusieron un avance sustancial en la dieta de aquellos homínidos de los que provenimos.

La primera gran revolución fue la agricultura. En la página de Cienciorama de la UNAM (http://www.cienciorama.unam.mx) hay un artículo importante de 2014 firmado por Luis Robledo-Arratia que aborda el tema, y aquí copio algunos párrafos:

> La historia de las sociedades está íntimamente relacionada con el desarrollo de la agricultura; no podemos separar el hecho de que las primeras civilizaciones tuvieron cercanía con grandes ríos y lagos y que eso marcó el paso de la recolección de frutos y semillas a las prácticas agrícolas. Egipto, Mesopotamia, China y México son claros ejemplos de que el esplendor cultural, social y económico de sus grupos humanos se debió en gran

medida a su éxito en la domesticación, producción y comercialización de alimentos.

Evidencias muy recientes indican que hace entre 11 000 y 11 500 años, el suroeste asiático fue la primera región del mundo en la que se empezaron a cultivar cereales silvestres, en cinco áreas —Irán, Irak, Turquía, Siria, Líbano y Chipre— de manera independiente y casi al mismo tiempo. De allá proviene mucho del conocimiento actual de las plantas, de la tierra, de la lluvia, del arado y por supuesto del comercio.

Gran cantidad de muestras bioarqueológicas permitieron a los científicos establecer que las montañas Zagros, en Irán, son el origen y el punto de dispersión de los principales cultivos modernos; ahí se encontraron las especies silvestres progenitoras de la cebada, del trigo, de las lentejas y de los chícharos.

Al tener cultivos que cuidar, las comunidades comenzaron a asentarse y volverse sedentarias. Asimismo, se inició la crianza de animales para alimentación. La comida estaba entonces más cerca, a la puerta de sus hogares, lo que permitió mayor especialización y, con el tiempo, el desarrollo de más expresiones culturales, incluido el arte y la experimentación en diversos ámbitos.

Esta experimentación en campos como la agricultura y las técnicas tradicionales, en un resumen muy apretado, preparó el terreno para transformaciones más profundas en las sociedades. Tiempo después, entre los siglos XVIII y XIX, la Revolución industrial se desarrolló primero en Europa y dio inicio al proceso de mecanización de la agricultura y la ganadería, aumentando la eficiencia y la productividad.

Al mismo tiempo, la mejora en los medios de transporte

permitió que los alimentos comenzaran a viajar mucho más rápido y a mayores distancias.

No olvidemos que el llamado intercambio colombino, ocurrido varios siglos antes, fue un evento crucial que llevó los jitomates a Europa y los cerdos a América, por ejemplo. Estas innovaciones ampliaron notablemente las posibilidades y la diversidad de dietas en el mundo entero.

Posteriormente, surgieron nuevas técnicas de conservación y enlatado de alimentos, lo que amplió enormemente su vida útil.

La historia de la comida es, pues, la historia de las revoluciones técnicas y científicas que nos permiten hoy disfrutar en casa productos provenientes de diversas partes del mundo. Pero quizá una de las revoluciones más importantes en la gastronomía fue la invención de utensilios y artilugios que facilitaron la comida para todos.

Pienso, por ejemplo, en la olla exprés, que ahorró tiempo vital en la cocina, así como en la batidora eléctrica o la licuadora. Aunque muchos seguimos prefiriendo métodos tradicionales como la lenta y maravillosa olla de barro o el molcajete para ciertos platillos, que tienen ese toque de verosimilitud necesaria para considerarse legendarios —de inmediato aparece en mi cabeza un buen mole poblano—.

Hemos cambiado conforme cambian los tiempos que vivimos. Hoy hay máquinas que «cocinan» solas; nunca las he probado, pero sí lo que producen, y puedo decir que no habrá máquina ni inteligencia artificial, existente o por existir, que pueda replicar el sabor de las croquetas de mi madre.

Soy un liberal absoluto en cuanto a revoluciones, pero en la cocina, llámenme conservador. Me da igual.

Solidaridad

Solidaridad, ese don

Siempre, junto a la comida, agazapada y terrible, está el hambre, ese flagelo que proviene de tiempos inmemoriales y que no hemos logrado erradicar. No distingue idiomas, credos ni razas; ataca de golpe y, por lo general, es mortal. Se ensaña mucho más con quienes no tienen nada excepto hambre, ese monstruo, uno de los jinetes del Apocalipsis.

Este parecía ser un libro festivo, quizá hasta frívolo, pero no puedo dejar de pensar en el hambre y en quienes la padecen; también en quienes hacen algo para aliviarla. A ellos está dedicado este capítulo, con cariño y agradecimiento.

La *Enciclopedia Británica* hizo un recuento de las grandes hambrunas que azotaron a la humanidad desde tiempos antiguos hasta 1960, y es abrumador y terrible. Incluye motines y episodios de violencia provocados por la falta de alimento.

No quisiera abrumarlos con esa nómina de desaciertos, mezquindades, colonialismo vil, capitalismo salvaje, torpezas políticas y, en muchos casos, pura y dura mala fe. Al revisar esa lista de desgracias, se observa que las grandes hambrunas —que sin duda han ocurrido en todo el mundo— se concentran particularmente en África y Asia. Esto puede verse claramente en un gráfico elaborado a partir de los estudios de los economistas Joe Hasell y Max Roser en 2024, publicado en Wikipedia, que muestra las hambrunas por continente de 1860 a 2016: https://es.m.wikipedia.org/wiki/Archivo:Famines-by-continent-and-ME-01_1839.png.

Recuerdo que siendo niño, cada vez que no quería comer algo, mi madre me hablaba de los niños que morían de hambre en África, y su mensaje siempre surtía efecto. Morir de hambre es tal vez la peor desgracia que puede enfrentar un pueblo y, sin duda, la más injusta, pues son los niños quienes más la sufren.

Según el informe *Food Wastage Footprint* que publicó en 2013 la Organización de las Naciones Unidas para la Alimentación y la Agricultura (FAO, por sus siglas en inglés), con lo que se desperdicia en los restaurantes del mundo se podría alimentar a 1260 millones de personas anualmente. ¡Una vergüenza!

Por su parte, el Programa Mundial de Alimentos de la ONU tiene un sistema de donaciones para América Latina y el Caribe en el cual, entre todos, podemos hacer la diferencia. Dejo aquí la página para inclinar un poco la balanza: https://latinoamerica.dona.wfp.org/mexico-hambre-cero-dona-ahora.

Los músicos —y generalmente los rockeros— siempre han sido solidarios con el tema de las hambrunas y muchas otras causas benéficas. El primer gran concierto de este tipo sucedió el 1 de agosto de 1971, una sesión doble en el Madison Square Garden de Nueva York llamada «Concierto para Bangladesh», a propuesta del citarista indio Ravi Shankar y el exmiembro de los Beatles George Harrison, para apoyar a los refugiados de Pakistán del Este (que fundarían Bangladesh).

Entre otros, tocaron en esa doble jornada Bob Dylan, Eric Clapton, Ringo Starr, Billy Preston Leon Rusell y Badfinger, y se recaudaron 243500 dólares. Pero las regalías del disco triple y el video se siguen donando al país a través del Unicef y la George Harrison Foundation.

Algunos años después, el 13 de julio de 1985, de manera simultánea en el Estadio de Wembley de Londres y en el Estadio John F. Kennedy de Filadelfia, se realizó un concierto impresionante llamado *Live Aid* para apoyar a Etiopia y Somalia, que atravesaban una de las hambrunas más terribles de la historia reciente.

La nómina de artistas deja la boca abierta. En Londres, solo por citar algunos: Queen, U2, Dire Straits, The Who, Elton John, Sting con Phil Collins, Sade y Paul McCartney.

En Filadelfia: Joan Baez, Billy Ocean, Black Sabbath, Crosby, Stills & Nash, Judas Priest, The Beach Boys, Santana, Madonna, Eric Clapton, Phil Collins, Bob Dylan y Led Zeppelin.

Se dice que lograron recaudar más de 150 millones de dólares.

Desde entonces han sucedido muchos conciertos benéficos más, que hablan bien de la comunidad musical, a la que aplaudo con entusiasmo.

Pero hay otra comunidad que se ha llevado las palmas: la de los cocineros y voluntarios reunidos en World Central Kitchen (https://wck.org/es-es), una organización de ayuda alimentaria en momentos de crisis que es un ejemplo extraordinario.

Su fundador, el chef José Ramón Andrés Puerta, asturiano de Mieres, prefiere que le llamen simplemente José Andrés. De acuerdo con un artículo publicado el 22 de febrero de 2023 en *La Jornada Maya*, firmado por mi amigo Eduardo del Buey, José Andrés creó WCK en 2010 «como un medio para "alimentar a la mayoría", utilizando programas de capacitación culinaria para empoderar a las comunidades y fortalecer las economías, así como ayuda alimentaria en casos de desastre tras emergencias en todo el mundo».

En la página de WCK se cuenta el inicio de esta iniciativa que le ha dado la vuelta al mundo mientras alimentan a quienes más lo necesitan:

> En 2010, el chef José Andrés, listo para ayudar aportando sus conocimientos culinarios y su talento, puso rumbo a Haití después de un devastador terremoto que se produjo en ese país. Mientras cocinaba al lado de familias desplazadas en un campamento, estas le enseñaron cómo cocinar los frijoles negros como les gusta comerlos a los habitantes de Haití: hechos puré y tamizados hasta obtener una salsa con una textura cremosa. No se trataba solo de alimentar a personas necesitadas, sino de escuchar, aprender y cocinar junto a las personas afectadas por la crisis. Este es el verdadero significado de una comida reconfortante, y es el principal valor que inspiró a José, junto con su esposa Patricia, a la hora de fundar World Central Kitchen.

Ahí está la maravilla de estos actos de solidaridad e inteligencia a toda prueba en un mundo donde algunos prefieren mirar hacia otro lado. No solo dar comida, sino también dar empatía.

En la página de WCK, citan también las siguientes palabras de José Andrés ante las crisis humanitarias: «Cuando se necesitan servicios médicos, se traen médicos y enfermeras. Cuando se necesita reconstruir infraestructuras, se traen ingenieros y arquitectos. Y si tienes que alimentar a la gente, necesitas chefs profesionales».

En los últimos años, la gente que integra WCK no se ha despegado de crisis humanitarias en Gaza o en Ucrania, ni de donde haya inundaciones o terremotos, desastres de todo tipo:

> WCK es la primera organización en responder a emergencias. Cuando se produce un desastre, el equipo de chefs de respuesta inmediata de WCK se moviliza con urgencia para comenzar a cocinar y servir comida a las personas necesitadas. Asociándose con organizaciones del lugar y activando una red de restaurantes locales, camiones de comida o cocinas de emergencia, WCK sirve comidas reconfortantes a los sobrevivientes de los desastres de manera rápida y eficaz. Sabemos que la buena comida no solo nutre, sino que también ofrece consuelo y esperanza, especialmente en momentos de crisis.

Un esfuerzo formidable que nos reconcilia con lo mejor de nosotros mismos. Y podemos ayudar donando en la siguiente liga: https://wck.org/es-es/donate.

Comida y solidaridad. ¿Qué más podríamos pedir?

T

Tortas

¡Acá las tortas!

Si yo digo «torta», en algunos países latinoamericanos pensarán en un pastel, y más bien en un pastel de cumpleaños. En España, en cambio, podrían pensar también en una bofetada. Pero en México, una torta es un universo entero que cabe entre dos trozos de pan.

Parece ser que, a mediados del siglo XVIII, John Montagu, IV conde de Sandwich, Inglaterra, pasaba horas interminables frente a la mesa de naipes; un ludópata, diríamos hoy. Y como no quería levantarse y abandonar su pasión, tuvo la ocurrencia de utilizar dos rebanadas de pan para no mancharse los dedos con el fiambre, los quesos y las carnes frías que le servían para comer. Así nació el sándwich, según dicen, el 6 de agosto de 1762.

Dos trozos de pan con algo dentro: suena fácil. Un bocadillo o «bocata» en España; torta en México; «refuerzo» en Uruguay; «pan con» en Guatemala, Costa Rica, Cuba y Venezuela; «bala fría», también en Venezuela, y por supuesto, el famoso choripán argentino. Dos piezas de pan de tamaño similar entre las que se coloca o se unta cualquier otro alimento. Incluso los sándwiches, que sin duda tienen mucha menos gracia.

Pero en México —¡ah, México!—, se ha llevado la torta a niveles insuperables, poniéndole adentro todo lo que usted imagine, y mucho más. Yo siempre digo que una torta bien hecha es la manera mexicana de demostrar, a nuestra muy barroca manera, ese deseo de tener al mundo entre las manos. Porque la torta es mucho más que un simple alimento: es un refugio, una tabla de salvación, un símbolo identitario, la suma de nuestras pasiones y el reflejo perfecto del esplendor de todos nuestros mestizajes. En medio de esos trozos de pan, cabe nuestra historia.

Hoy nos vamos a echar una torta —una «tortuga», en buen argot chilango—, acompañada de un refresco tan rojo como el diablo, y a celebrar ese indispensable y maravilloso invento que, por supuesto, tiene su peculiar historia mexicana.

Si bien hay indicios de que, en un periódico poblano llamado *El Pájaro Verde*, se anunciaba una «torta compuesta» (entre comillas) en 1864, casi todos los historiadores coinciden en que la torta, en su forma actual, surgió en la Ciudad de México en 1892, de la mano del genial Armando Martínez Centurión, quien, en busca de ingresos económicos, decidió vender panes con comida adentro. ¡Lo amamos, don Armando! Sus creaciones fueron míticas y generadoras de toda una tradición.

Estaba su tortería en el Centro, en el callejón del Espíritu Santo —hoy calle de Motolinia—, junto al Templo de San Felipe Neri, y las famosas Tortas de Armando muy pronto se volvieron, por su precio accesible y su enorme tamaño, todo un fenómeno.

Artemio de Valle Arizpe, ese gran cronista de nuestra ciudad, habla con nostalgia de esas tortas que, lamentablemente, yo nunca pude comer, porque las de Armando que a mí me tocaron no eran, ni por mucho, las que cuenta la leyenda.

En 1949, en *Calle vieja y calle nueva*, cuenta don Artemio lo siguiente:

> Era un placer grande el comer esas tortas magníficas, pero el gusto comenzaba desde ver a Armando prepararlas con habilidosa velocidad. Cuando Armando estaba entregado a su tarea con gracia y experta destreza nadie hozaba a proferir ni una sola palabra, o si acaso se hablaba y era en voz baja, sin quitar los ojos ávidos de los desacelerados y magistrales movimientos del cuchillo, apenas se concluía la elaboración complicada de la torta, cuando ya andaba preparando otra con ligereza, y después otra y otra más, y todas ellas con esmero y prontitud indecibles, en la puerta se aglomeraba saboreándose el gentío y solo se escuchaba en aquel amplio silencio, como esotérico, la voz que decía: «¡Armando, una de lomo!», «¡Armando, una de jamón!», «¡Armando, tres de pollo para llevar!». No había para nosotros, en ese tiempo, manjar más regalado que ese, que tenía el incomparable aderezo del hambre.

Más tarde, en el tiempo y el recuerdo, Salvador Novo también ensalzaría las glorias de don Armando, de quien dice lo siguiente en su libro de 1970, *Las locas, el sexo y los burdeles*:

> Es precursor de las muchas torterías que después se han abierto en la ciudad, afrontando la creciente demanda de la creciente población de transeúntes, que hacen un alto a despacharse un

> par de tortas, ya no solo de pavo (humedecida la telera con el consomé, y si acaso con un chilito en vinagre, que con eso bastaba), sino ahora de lomo con rajas, de queso de puerco, de milanesa, de huevo, de chorizo, de bacalao; o simplemente de jamón o queso.

La torta le merece a nuestro cronista estos memorables renglones en los que el alimento queda íntimamente ligado a la vida de la urbe. Vuelve Salvador Novo:

> Las tortas —tortugas pacientes o resignadas a morir a mordiscos— surgen envueltas en servilleta de papel de los cajones del escritorio, a apaciguar el hambre de las once secretarias que no tuvieron tiempo más que de apurar un jugo de naranja antes de correr al autobús. Llena, por poco tiempo, las canastas que los gordos torteros pasean con una tentación cerca de las fábricas a la hora del lunch; integran la provisión del día del campo, del domingo en Chapultepec. Su interrumpida demanda instala pequeños núcleos renovados de consumidores en esquinas como 16 de septiembre y San Juan de Letrán, afuera de la cantina de Los Tranvías; como en la primera de Donceles, o en la esquina de Tacuba y Xicoténcatl.

El recordado y genial Jorge Ibargüengoitia, suma en el elogio a Armando, y lo define de la siguiente manera en su texto «Tecnología mexicana. Evolución del taco y de la torta compuesta» de 1972 (publicado después en *Instrucciones para vivir en México*):

> Uno de los más importantes inventores que ha habido en la historia del Distrito Federal es el gran tortero Armando, inventor

de las tortas que llevan su nombre. Su importancia en la evolución alimenticia de los mexicanos es tal que ya nadie se acuerda de cómo eran las tortas antes de Armando.

El concepto de torta, tal como hoy lo conocemos y disfrutamos, nace con Armando: es él quien la dota de esa complejidad y ese abigarramiento imprescindible para hacerla tan mexicana como es. Otra vez Ibargüengoitia:

> La torta de Armando es una creación barroca en la que intervienen aproximadamente veinticinco elementos —entre los que se cuentan el filo del cuchillo y la habilidad del operador para rebanar lechuga— en un orden riguroso. Si se altera el orden —por ejemplo, si se pone primero el chipotle y después el queso— o si la calidad de alguno de los elementos falla —que el aguacate sea pagua— lo que se come uno, en vez de ser torta compuesta, es un desastre.

Don Armando no lo sabía, pero estaba creando uno de los elementos clásicos de la gastronomía mexicana, con amplias distinciones respecto a sus parientes extranjeros, tanto en sabor como en ingredientes utilizados. Al grado de que la torta fuera considerada por *National Geographic* como uno de los grandes inventos del siglo XX.

Pedro Reyes Aceves, en su libro *¡Acá las tortas!* de 2015, dice —y dice bien—:

> Como alimento, las tortas son de los más completos: carbohidratos, proteínas, lácteos y lípidos se rozan en la misma mordida. Por eso son manjar de niños y obreros, de solitarios y

familias, de cantinas y resacas, de oficinistas con prisa y de los dueños de nada. Son callejeras, nadie las juzga por calientes ni les hace el feo a las frías, y sobre todo no distinguen entre clases sociales, lo cual, en una urbe desgarrada por las diferencias, es verdaderamente plausible.

Hay tortas de todo y con todo. Hacer aquí un recuento de posibilidades torteriles resultaría inútil, pero descubrir su importancia en la vida cotidiana vale la pena.

En la plataforma de preguntas y respuestas, Quora (https://es.quora.com), Ari Mugica —chef mexicano— compartió en 2017 su respuesta a la pregunta «¿Qué es una torta?» de la siguiente manera:

> Se llevan tortas los niños para comer a la hora del recreo, en la escuela; se las puede llevar el empleado y el obrero para comer a la hora del lonche; te puedes llevar tortas de día de campo o un viaje largo; te preparas una torta cuando quieres comer o cenar algo rápido con lo que encuentras en la cocina o en el refrigerador; las ofreces con algún relleno especialmente creado o guisado para deleitar invitados. Tortas ahogadas, tortas de pierna al horno, de bacalao a la vizcaína, tortas cubanas, y también existen las riquísimas tortas de tamal o de chilaquiles con queso, o bien de plátano con crema y cajeta.

Las tortas mexicanas suelen estar aderezadas con mayonesa, crema, jitomate, aguacate, frijoles y cualquier tipo de chile, o combinaciones de estos, como chile jalapeño, chipotle, salsas y guacamoles. Existen preparaciones específicas con nombres propios: la «toluqueña», la «suiza», la «michoacana», la «queretana», la «cubana», la «texana», la «rusa», la «pachuqueña», la «argentina», la «española»... y muchos, muchos etcéteras.

De entre todas las combinaciones, destaca la cubana, que consiste en mezclar todos los ingredientes que se tengan a la mano, por lo que suele ser la más grande y la más cara de todas.

También existen tortas típicas de distintas regiones del país: las tradicionales tortas ahogadas de Guadalajara; las guacamayas de León; las tortas de la barda de Tampico, de las que ya hemos hablado, o las guajolotas —tortas que llevan un tamal adentro—, típicas de la Ciudad de México. En Puebla, se llama torta árabe a la que se rellena con carne al estilo árabe, en la cual se remplaza el pan pita por una telera.

Las tortas son nuestro maná cotidiano: salvación de unos y deleite absoluto de otros. Invento mexicano donde cabe el mundo.

Umami

Umami, un sabor que no es un sabor

La lengua, el paladar, nosotros, podemos reconocer cuatro sabores esenciales —ya lo dije en la entrada de «Química»—: amargo, salado, acido y dulce. Pero a estos se incorporó, no hace mucho —al menos para la ciencia occidental— un quinto: el umami, que intentaré descifrar en los siguientes párrafos.

De entrada, *umami* es una palabra japonesa que puede traducirse como «sabor delicioso». Proviene de dos vocablos: *umai*, que significa «delicioso» o «rico», y *mi*, que quiere decir «sabor». Fue identificado en 1908 por un químico japonés llamado Kikunae Ikeda. He aquí la historia, que encontré en el sitio de AcademiaLab (https://www.academia-lab.com):

> En 1907, en la Universidad Imperial de Tokio, Japón, Ikeda estaba cenando con su familia cuando de repente se detuvo. Ese día el caldo dashi de su sopa estaba más delicioso de lo normal; después de revolver unas cuantas veces se dio cuenta de que la diferencia era el sabor umami al agregar kombu, una

especie de macroalga marrón y hojuelas de pescado conocida como *katsuobushi*. Comprendió que el kombu era el secreto de ese sabor y desde ese día estudió la composición química de las algas. Algunos señalaron que el sabor del umami es similar al sabor de la alta cocina creada por el chef francés Auguste Escoffier.

En 1908, había aislado cristales marrones de ácido glutámico (glutamato) que transmitían el sabor característico. El glutamato monosódico (MSG) es la base química del sabor umami. Eligió llamarlo *ajinomoto* («esencia de sabor»). En 1909 había desarrollado un proceso para producir glutamato monosódico en masa. Pudo extraer glutamato monosódico del trigo y la soya desgrasada y patentó el proceso para su fabricación. Hoy en día, el glutamato monosódico se produce en masa a partir de almidón de maíz fermentado, caña de azúcar, melaza o remolacha. Su Ajinomoto Co., Inc. emplea actualmente a más de 32000 personas. Con este método la producción global de glutamato monosódico aumentó rápidamente. El glutamato monosódico se ubica hoy en día como uno de los principales potenciadores del sabor después de la sal y la pimienta.

Así que no es un sabor, sino un potenciador del sabor. Las papas fritas de bolsa a las que no puedes resistirte contienen una buena cantidad de glutamato. Prohibido en muchas cocinas del mundo por considerarlo un engaño para los comensales, es, sin embargo, y en bajas dosis, un buen sustituto de la sal, y realmente sí hace que los sabores se expandan y magnifiquen.

Pero no olvidemos que al fin y al cabo es un producto químico creado en laboratorio. Tiene sus detractores, y otros que lo usan con singular alegría. El caldo de pollo en polvo lo contiene.

Algunos alimentos que lo poseen de forma natural son los quesos parmesanos, gruyer y chédar; el jamón serrano (¡ya lo decía yo!); las nueces y almendras; los jitomates, las setas y los champiñones, y las algas marinas como el quelpo y el *wakame*. También la salsa de soya.

En resumidas cuentas, umami es un sabor que no es un sabor. Nunca lo he usado en mi cocina ni lo haré. Pero quedó perfecto en la entrada de la «U» en este libro.

V

¡Viva la comida!

¡Viva la comida!

Hace algunos años fui invitado a una conversación con un par de chefs y una mujer que hoy sería llamada *influencer*: muy elegante, muy guapa y muy inconexa; salía en la televisión y lo mismo hablaba de moda que de tratamientos faciales, jugos mágicos para bajar de peso o pantimedias. Me explico.

Nuestro auditorio estaba conformado por unos trescientos estudiantes de gastronomía de varias escuelas, que fueron llevados hasta el recinto un poco a rastras y que esperaban «lo mismo de siempre».

Pero no fue así.

Se suponía que yo iba a hablar primero, pero ella, moviendo mucho las pestañas, me pidió amablemente que la dejara comenzar porque tenía un compromiso «ineludible» (así dijo). Y yo, que soy un caballero (un poco bestia a veces), le cedí el micrófono y a los trescientos muchachos y muchachas.

La dama, entonces, se tiró un rollo de unos veinte minutos

sobre la importancia de la nutrición en nuestras vidas: largas explicaciones de por qué la carne tiene toxinas asesinas y cómo el aceite de argán es buenísimo para el pelo, entre otra serie de consejos, todos muy extraños. Los chicos la miraban como se mira a un marciano que aterriza por equivocación en una competencia de esgrima. Aun así, fueron todos amables y hasta le aplaudieron.

Ella se levantó, nos hizo una reverencia condescendiente con la cabeza y comenzó a retirarse del recinto.

Yo tome el micrófono justo cuando ella iba a medio pasillo, rumbo a la calle.

Les pedí a los aspirantes a cocineras y cocineros que olvidaran rápidamente todo lo que acababan de oír. La dama me lanzó una mirada asesina desde la puerta y desapareció del local (nunca la volví a ver). Por supuesto, los chicos se rieron. Y yo me lancé, con entusiasmo, a hablar de cómo la comida crea relaciones, tradiciones, leyendas; de por qué es más importante contar historias que contar calorías. En fin, todo lo que ustedes ya saben y que he venido escribiendo en estos dos tomos sobre lo que me alegra la vida.

Y creo que esos jóvenes —hoy cocineros— se fueron felices. Los dos chefs a mi lado hablaron estupendamente bien, por supuesto, de comida: de cómo prepararla para el disfrute de otros. A veces, lo único que se necesita es tan solo un poco de sentido común.

He comido en cuatro de los cinco continentes. Busco las cocinas locales, los mercados donde come el pueblo, me siento en sus mesas y celebro con ellos la existencia.

Mi sobrino Alonso tiene hoy 12 años, pero desde pequeño demostró ser un todoterreno en el tema gastronómico. Se come sin preguntar lo que le ponen enfrente, y luego, inteligentemente, decide si le gusta o no.

Un verano, en Nairobi, Kenia, cuando él tenía unos 8 años, fuimos a un restaurante llamado Carnivore (https://ww.tamarind.co.ke/carnivore). Como su nombre lo indica, es un lugar donde difícilmente un vegetariano la pasaría bien. Te van sirviendo en la mesa todos los trozos de carne que incluye el menú: cerdo, pollo, res, y los «especiales»: cocodrilo, avestruz, camello y testículos de buey.

Alonso, como todo un profesional, fue probando y repitiendo lo que más le gustó. Las albóndigas de camello le encantaron.

Desde entonces ha comido caracoles, ostras, rabo de toro, criadillas, patas de cerdo, quesadillas de seso, tacos de ojo, iguana… y un largo etcétera. Un muchacho sin remilgos a la hora de sentarse a la mesa, que jamás pasará hambre mientras haya comida.

Todos cargamos algún atavismo cultural aprendido, que, por diversos motivos, nos aleja de ciertos alimentos. A veces por simple costumbre —«eso nunca se comió en mi casa»—, otras por predisposición genética. En casa de mis padres se comía de todo, y yo probaba, muchas veces por insistencia de mis padres. No siempre con éxito.

Siempre he tenido buen olfato (a pesar del tabaco), y ciertos olores me causaban un rechazo considerable. Por ejemplo, la lengua de res puesta en leche toda la noche, o la pancita antes de cocerse para los callos a la madrileña que a mi madre le salían tan espectaculares.

Con el paso del tiempo vencí todos esos atavismos. Hoy me echo unos tacos de lengua con alegría y, por supuesto, unos callos bien preparados.

Probar cosas nuevas es conocer otras culturas y formas de expresión. No se trata solo de los ingredientes, sino de las diversas maneras de prepararlos e incluso de servirlos. Probar es conocer.

A lo largo de estos capítulos ha quedado más que claro que celebro, todos los días, estar vivo. Y grito siempre, sin dudarlo: ¡viva la comida!

W

Wasabi

¿Pica o no pica?

Miro la pastita verde junto a mi sushi con curiosidad. Debe ser el año 1977 o 1978. Estamos en el Daikoku de la calle Michoacán, en la colonia Condesa. Yo ya había ganado dinero escribiendo para la *Revista del Consumidor* y pude invitar a algunos amigos a comer. Lo japonés era una absoluta novedad para nosotros, aunque no para los ricos que podían permitirse ir al Suntory de la colonia del Valle, que había abierto hacía unos ocho años.

Toqué la pasta con los palillos, la olí y me la metí a la boca sin ninguna precaución. Entonces se desató el infierno.

Un sabor fuerte y penetrante, que pasaba de la boca a las fosas nasales y de ahí —supongo— al cerebro. No me lo esperaba, siendo consumidor habitual de chile. Pero esto era completamente diferente. No era el picor producido por los efectos de la capsaicina, de la que ya hemos hablado. Era lava que luego se volvía un poco dulce, y que lograba descongestionar tus vías respiratorias para siempre.

El wasabi (*Eutrema japonicum*) es una planta perenne, de la familia de la mostaza y el rábano. Tarda dos años en crecer, y lo que se come no es la raíz —como algunos piensan—, sino el rizoma, que está a ras del suelo. Su nombre científico ya deja claro de dónde proviene. Es un condimento caro y difícil de producir.

Me entero, buceando en la red, de que posee propiedades antibacterianas y antisépticas. Es, además de su sabor, uno de los motivos por los que se le añade al pescado crudo. Aunque también leo que sirve para desinfectar heridas. Y —digo yo— para descongestionar las vías respiratorias.

Los japoneses lo utilizan como nosotros usamos el chile: como condimento cultural. Yo jamás lo he visto en comidas de otras latitudes, pero seguramente en Asia debe suceder.

Hasta aquí la «W». Un abrazo a todos y cuidado con el wasabi, porque no pica, pero repica.

Xoconostles y Xochimilco

Xoconostles en Xochimilco

Este título, que podría parecer una broma, no lo es.

De lejos, el xoconostle parece una tuna. Crece en cierto tipo de nopales y se le parece muchísimo, pero en realidad son diametralmente opuestos.

En el *Nuevo cocinero mexicano* en forma de diccionario de 1888 —libro que ya hemos mencionado varias veces— los llaman «xoconoxles», y en la entrada dedicada a ellos se dice textualmente:

> Con esta voz, que trae su origen de la mexicana *xoconochtli*, que significa fruta del nopal, designan unas tunitas pequeñas, agrias, y que no han llegado a su perfecta sazón, que se comen picadas y guisadas juntamente con los nopalitos.

Es, sin duda, una definición escueta. El nombre proviene ciertamente del náhuatl: *xoxoc*, que significa «agrio», y *nochtl*, tuna. Es decir, tuna agria.

De color rojizo al madurar —a diferencia de las tunas dulces, verdes siempre—, el xoconostle se ha utilizado desde tiempos precolombinos para preparar salsas y acompañamientos.

Estando en Xochimilco, sentado en una trajinera con varios amigos celebrando un cumpleaños, se nos acercó una mujer en una diminuta embarcación, preparando quesadillas. Y nosotros, muy rápido, caímos en la tentación: quesadillas con tortilla azul y guisados varios. La gran sorpresa fue una salsa que nos ofreció, hecha con xoconostles y chile morita. Fue la primera vez que la probé y quedé prendado de su sabor y de ese punto de acidez que la hace única e irrepetible. Nos comimos todas las quesadillas que llevaba y arrasamos con el bote de salsa, que no he vuelto a probar desde entonces.

Mis amigos de *Animal Gourmet* tienen un artículo del 15 de septiembre de 2020 en su página web, titulado «El maravilloso mundo del xoconostle en la vida y la cocina», del cual copio algunos párrafos:

> Este fruto es uno de los ingredientes principales para la elaboración de mole de olla en los estados del centro del país.
>
> En Guanajuato existen diferentes variedades y dependiendo del color recibe un nombre diferente. Si el xoconostle es verde se le llama cuaresmeño; si es rosa se le conoce como rosa de Castilla, y al rojo, sangre de toro y lo utilizan para la preparación de caldos y salsas picosas.
>
> En Dolores Hidalgo, el xoconostle forma parte de una ensalada que va acompañada de jícama, naranja, chile verde piquín y queso.
>
> Otro de los usos gastronómicos de este fruto es en la penca

de maguey rellena, así como en el pipián verde, sopa de médula o caldo de camarón.

También se utiliza para crear repostería. En Guanajuato se prepara el dulce de xoconostle, el cual es considerado una mermelada. En el Estado de México existe también un postre donde este fruto es cocido en agua con piloncillo.

Un fruto muy versátil que, además, lleva en su nombre la *x* de México.

Y

Yuca

Yuca

De lejos (y de cerca), la yuca es muy parecida al camote mexicano. Y será que los dos son tubérculos y parientes muy cercanos. Su nombre científico es *Mahinot esculenta*, y es originaria de América.

En Cuba, por ejemplo, es una de las principales fuentes de carbohidratos. De manera general, el camote forma parte de la dieta caribeña, junto con la malanga (también conocida como taro, otro tubérculo que, según una leyenda hawaiana, fue un niño convertido en planta que ayudó a crear a los humanos; como nosotros en México, que venimos del maíz). Y, como complemento de cualquier comida, están por supuesto los plátanos fritos llamados tostones.

Hace muchos años pasamos una semana larga en La Habana como parte de la delegación mexicana que asistía a la Feria Internacional del Libro de esa ciudad. Ya conté en el primer libro una anécdota maravillosa con José Emilio Pacheco.

El caso es que, fuéramos a donde fuéramos a comer, y pidiéramos lo que pidiéramos —carne, pescado o cerdo—, siempre venían de acompañantes la yuca, la malanga y los tostones. Más un plato de moros con cristianos (arroz y frijoles negros). Debo confesar que me aficioné, sobre todo, a la yuca, con ese sabor extraño entre papa y camote que a mí me encantó. Por eso le rindo un homenaje en este libro.

Hay una página en internet llamada simplemente Tubérculos (https://www.tuberculos.org) que tiene un apartado sobre este singular alimento. Reproduzco aquí algunos datos:

> En algunas regiones las hojas de yuca son ampliamente utilizadas como remedio para tratar la hipertensión, el dolor de cabeza y el dolor corporal. También se usa para hacer kaschiri, una especie de cerveza.
>
> La planta de la yuca proporciona el mayor rendimiento de carbohidratos por área cultivada, solo superada por la caña de azúcar y la remolacha azucarera.
>
> En varios países se muelen sus raíces para obtener una sustancia harinosa que luego se usa en la elaboración de la tapioca o casabe.
>
> En el idioma ewe de África Occidental, esta planta se conoce de forma local con el nombre de *agbeli*, que en español se traduce como «ahí hay vida».
>
> ¡Nunca comas yuca cruda! Este tubérculo contiene toxinas dañinas, concentradas en su piel externa. Para comer la yuca es necesario eliminar su cáscara marrón y cocinarla adecuadamente (hasta que se ablande).
>
> La harina de mandioca (yuca seca y molida) es un excelente agente espesante debido a sus altos niveles de almidón;

además es un alimento completamente libre de gluten, de ahí que sea una alternativa saludable para las personas celíacas que no pueden consumir harina de trigo.

¿Han probado langosta con yuca?

Yo sí. En esa feria de la que hablaba, en un «Paladar» (esos restaurantes montados en casa particulares que se abrieron en Cuba durante los momentos más difíciles de recesión). La mezcla era casi perfecta. Guisados ambos elementos con ajo y arroz con frijoles, me recordaron un poco a la comida de Nueva Orleans. Al final, son los sincretismos y los mestizajes los que nos hacen ser quienes somos.

En alguna ocasión, un amigo cubano me aseguró que la yuca era buenísima para prevenir el alzhéimer... pero la verdad es que lo olvidé.

No hablaré aquí del valor nutricional de la yuca, porque me importa un pepino. Antes era casi imposible conseguirla —excepto en el Mercado de San Juan—, pero hoy se encuentra en muchos supermercados.

Y para que no batallen, increíblemente existe una página dedicada de manera exclusiva a recetas con este tubérculo: https://www.recetasyuca.com.

Pan, pasteles, ceviches, croquetas, ensaladas, buñuelos y algo más. Atrévanse. Y me cuentan. O mejor: me invitan.

Zapato

Zapato

Ustedes, al otro lado de la página, pensaran que me volví loco. ¿Zapatos para terminar un libro que trata de comida?

Pues sí. Loco ya estaba, pero este último capítulo tiene sentido. Y los zapatos, queridos míos, se comen.

En 1925 se filmó una de las películas que más quiero y que más me emocionan. Mi padre fue quien me la enseñó y, gracias a él, amo tanto al cine como a la comida. Me refiero a *La quimera del oro*, del genial Charles Chaplin.

Atraído por la fiebre del oro, Chaplin —en el argumento de la película— llega al Klondike (la frontera de Alaska con Canadá), pero queda atrapado en una enorme tormenta de nieve. Logra encontrar refugio en una cabaña aislada en las montañas, donde tiene que convivir con un tipo hosco y enorme, interpretado por el no menos espectacular Mack Swain. Al cabo de un tiempo, muertos los dos de hambre, Chaplin, desesperado, mete su zapato en una olla, lo «cocina» y se lo come (las agujetas como espagueti) en una de las escenas más delirantes y divertidas de la historia de la cinematografía mundial.

Desde que la vi, a los 11 años, siempre quise repetir la escena y comerme un zapato, pero mi madre, sabia, me lo impidió, tentándome con cosas más suculentas.

Este capítulo, entones está dedicado a esa otra gran pasión que es el cine. Y, sobre todo, a la comida en el cine.

Guillermo Cabrera Infante, grandísimo escritor cubano, memorioso e inteligente, ganador del Premio Cervantes en 1997, era, sobre todo, un cinéfilo empedernido: un amante sin restricciones del cine.

En su libro *Cine o sardina* de 1997, un recorrido lúcido y apasionado por la historia del séptimo arte —con una mirada a veces feroz y a veces amorosa—, cuenta en algún momento cómo en su infancia el dilema era comida o cine. El precio de la entrada a la sala cinematográfica equivalía a la sardina del título. Y Cabrera Infante, siempre y sin dudar, prefirió la ensoñación y la penumbra, esas vidas que sucedían en la pantalla y que permitían irse muy lejos sin despegarse la butaca habanera. El libro no tiene orden cronológico, y es por ello, si cabe, todavía más encantador y fascinante.

Pongo aquí un párrafo de su genial obra, en la que, casualmente, se habla de comida:

> Los críticos condenaron una vez a Fellini de no tener nada que decir. El cine es precisamente el arte de no tener nada que decir. De ahí su influencia en la novela moderna. ¿Qué tiene que decir, por ejemplo, *El acorazado Potemkin*? Unos marinos rusos encuentran que sus raciones, rancias, saben a queso de Limburgo y en ellas anidan unos gusanos blancos. En protesta

se amotinan pidiendo un mejor menú. Las consecuencias del motín es que otros acorazados, tal vez con mejor comida, imponen el orden zarista a cañonazos.

Con un sentido del humor a prueba de cañonazos, Cabrera Infante siempre prefirió el cine a la sardina, y yo lo agradezco porque sé, gracias a él, que el corazón late a veinticuatro cuadros por segundo.

El cine, ese invento maravilloso que transporta y permite mirar las vidas, las angustias, las felicidades de los otros, también está siempre muy cerca de la comida. Como recurso primordial para contar historias, o sencillamente para dar un marco de credibilidad a los personajes (que, si comen, existen).

No pretenderá ser este capítulo un catálogo exhaustivo de todas las películas donde la comida es esencial para contar historias, pero sí una evocación de aquellas películas que, de alguna u otra manera, marcaron mi vida y que miré con deleite.

Comienzo entonces.

Tal vez haya sido una película de Disney la primera que vi con absoluta fascinación y antojo absoluto. Me refiero a *La dama y el vagabundo*, estrenada en cines en 1955 (aunque yo debí verla al menos diez años después), y la primera animada en ser exhibida en cinemascope, formato grande, grande.

No contaré la trama, pero sí recuerdo con fascinación la cena que Reina y Golfo (dos perros: ella, fina; él, de la calle) tienen fuera del restaurante de Tony, un bonachón cocinero italiano y buen samaritano. Un espagueti con albóndigas inmenso que provoca un beso entre los protagonistas, cuando los dos sorben el mismo espagueti. Yo salí del cine dispuesto a comerme un plato tan grande como el de los perros, y confieso que es tal vez uno de mis platillos de batalla favoritos.

La memoria funciona de formas curiosas, porque no recuerdo el resto de la cinta. No hablaré de la manzana envenenada que le da la bruja a Blancanieves, solo diré que durante muchos años las evité —no fuera la de malas—, tanto a las manzanas como a las brujas.

Y de ahí salto hasta el año 1975, cuando fui al Cine Roble con unos amigos que celebraban un cumpleaños, a ver *Cuando el destino nos alcance* cuyo título en inglés es *Soylent green*. Dirigida por Richard Fleischer, con Charlton Heston y un genial Edward G. Robinson.

La película transcurre en un futuro distópico, donde los alimentos escasean y casi no hay agua (o sea, dentro de poco). Heston interpreta a un detective que investiga el asesinato de un magnate de la compañía Soylent, que produce alimentos en forma de galletas verdes. Contar más sería estropearla, «espoilearla», como dicen mis jóvenes amigos. Toda la trama gira en torno a la búsqueda de comida para sobrevivir, y a un enorme misterio.

Salí absolutamente consternado. La historia se sitúa en el año 2022 —que ya pasamos con dificultades—, y desde entonces valoro mucho más la comida. Véanla si pueden.

Ese mismo año, en 1973, se hizo una película alucinante que yo vi ya de adulto. Hablo de *La gran comilona* (*La grande bouffe*), de Marco Ferreri, con cuatro superestrellas: Marcello Mastroianni, Ugo Tognazzi, Michel Piccolo y Phillipe Noiret. En la cinta, sus personajes llevan los mismos nombres que ellos.

Estos cuatro personajes se reúnen durante un fin de semana para llevar a cabo un suicido colectivo: están hartos de sus existencias, a pesar de ser personas exitosas. Y ese suicido consiste, ni más ni menos, en comer hasta morir.

Comer hasta reventar.

Los actores son soberbios y la trama es, por decir lo menos, singular. Al principio, se te van antojando las maravillas que ponen sobre la mesa, pero poco a poco ya no aguantas ni el olor de las palomitas del cine. No puedo contar más porque, de nuevo, estropearía todo. Solo diré que es para estómagos valientes y mentes abiertas. A mí me encantó. Y la disfruté mucho más cuando la vi pasados los cincuenta, porque encontré en ella un montón de escenas sugerentes, incluso divertidas, a pesar de la crudeza con la que está hecha.

Más que una «comedia» —epíteto con la que fue tildada por la crítica de su tiempo—, parece un experimento sociológico.

Hay un genio incomprendido y provocador que se llamó Pier Paolo Pasolini: poeta, cineasta, periodista, ensayista, filósofo y activista. Algunas de sus enormes películas son: *El Decamerón*, *Teorema*, *Los cuentos de Canterbury*, *Las mil y una noches* y *Saló o los 120 días de Sodoma*. Esta última película está basada en un texto del Marqués de Sade y se filmó en 1975. Contiene un par de escenas en las que obligan a una mujer a comer mierda. Cuando comenzó, yo me salí del cine. Pasolini dijo en su momento que era una metáfora contra los alimentos producidos en masa, pero, por más metáfora que sea, no pude soportarlo.

No es gratuito, sin embargo: la Republica de Saló, en el norte de Italia, creada durante la ocupación nazi, produjo esa y muchas otras barbaridades aún peores. Pasolini fue asesinado brutalmente el 2 de noviembre de 1975.

Lo de comer mierda es solo una anécdota. Era un intelectual brillante y comprometido, y un gran poeta. No hay que dejarse llevar por las apariencias... ni por el olor.

Guillermo del Toro dijo una vez: «Hacer películas es como comerte un sándwich de mierda».

En la trilogía de *El padrino* —de 1972, 1974 y 1990, todas dirigidas por Francis Ford Coppola y basadas en la novela homónima de Mario Puzo—, abundan las cocinas, las comidas, las conversaciones sobre pasta y los debates en torno a la mejor manera de preparar una salsa (en el capítulo de Italia, en el primer tomo de *Cuchara y memoria*, incluyo la receta de Peter Clemenza —uno de los capos de la mafia—, quien le enseña a Michael Corleone cómo prepararla).

No es de sorprender que el Padrino (Marlon Brando) tenga como fachada para sus negocios ilegales una importadora de aceite de oliva italiano llamada Genco, que, por cierto, en algún momento existió en la vida real.

Hay comidas todo el tiempo: asesinatos durante las comidas, broncas a gritos muy italianas durante las comidas, odios reconcentrados y amores confesados durante las comidas.

Los mafiosos, al igual que personas como tú y como yo, comen.

En 1987, una película danesa llenó la pantalla con maravillas gastronómicas y con el inmenso placer de compartirlas. Me refiero a *El festín de Babette*, de Gabriel Axel, basada en el cuento homónimo de Isak Dinesen (también conocida como Karen Blixen).

En una aldea rural de Dinamarca, signada por el puritanismo, una mujer francesa que huyó de su patria organiza, gracias a un premio de la lotería, una cena opulenta y maravillosa para sus vecinos. Los aldeanos, fieles a sus creencias, se habían puesto de acuerdo para no mostrar demasiado regocijo, pues consideraban que eso resultaba pecaminoso. Pero poco a poco van sucumbiendo al embrujo y al sabor que Babette deposita, con amorosa dedicación, en cada uno de los platos que les sirve.

¡Una delicia! De manjares y de película.

De cómo la comida abre los ojos y las mentes

En 1984 se filmó *Indiana Jones y el templo de la perdición*. Dirigida por Steven Spielberg, es la segunda película de la saga, con Harrison Ford como protagonista. Dos horas de acción desenfrenada y momentos de humor singular.

Y viene a cuento porque, en una de las cenas ofrecidas a Indiana y sus acompañantes —Kate Capshaw (la infaltable rubia) y el jovencísimo Ke Huy Ruan—, justo en el «templo de la perdición», les sirven sesos helados de un tipo de mandril... ¡adentro de la cabeza del propio mandril!

No es una cinta sobre comida, eso me queda claro, pero vale la pena el guiño exótico.

En 1989, mi amiga Laura Esquivel escribió una novela que ha sido un éxito mundial. Me refiero a *Como agua para chocolate*, llevada al cine en 1992 por Alfonso Arau, y también muy aclamada y querida por el público.

Tita, interpretada por Lumi Cavazos, es la menor de las hijas de Mamá Elena (Regina Torné), en un México opresivo y de costumbres familiares anticuadas, muy en boga a principios del siglo XX. Y por ser la menor, está destinada a quedarse en casa para cuidar a su madre en la vejez. Sin conocer el amor. Pero el amor, ya se sabe, nunca hace caso a lo que le dicen.

Cocinando y contando, Tita va desgranando historias y comidas mágicas que han sido replicadas en decenas de cocinas de nuestro país.

Como las famosas codornices en pétalos de rosas, receta en la que, sin querer (por pincharse con los tallos), caen unas gotas de su sangre, volviendo el guiso único (yo no lo recomiendo; la ficción es la ficción).

Las codornices llevan castañas, mantequilla, pétalos de rosa, fécula de maíz y pitahaya, para darles dulzura y color.

Le robo un párrafo a Laura y copio el momento en que se sirve ese plato en la novela:

> Cuando se sentaron a la mesa había un ambiente ligeramente tenso, pero no pasó a mayores hasta que se sirvieron las codornices. Pedro, no contento con haber provocado los celos de su esposa, sin poderse contener, al saborear el primer bocado, exclamó, cerrando los ojos y con verdadera lujuria:
>
> —¡Este es un placer de los dioses!

La novela está llena de sensualidad, recetas, fogones y pensamientos. Y la película lo refleja muy bien.

Amor y comida son una mezcla ganadora, siempre.

Del año 2000, es *Vatel*, de Roland Joffé, con un magistral Gérard Depardieu en el papel del cocinero que da nombre a la cinta.

Cocinero a las órdenes del príncipe de Condé, François Vatel no solo elabora comidas prodigiosas: convierte cada mesa en una puesta en escena salida de los sueños del más glotón de los glotones. La película está ambientada en 1671, durante la esperada visita de Luis XIV al palacio de Chantilly, y es Vatel, «maestro de festividades y placeres» de la corte del príncipe, el encargado de deslumbrarlo. Y lo logra, mientras también nos deslumbra a nosotros.

Hay muchas películas que tienen a la comida como *leitmotiv* o, al menos, como presencia memorable en alguna escena. Sería muy largo enumerarlas todas. Aquí menciono solo aquellas que recuerdo con especial afecto.

Por ejemplo, *El ángel exterminador*, de Luis Buñuel, película mexicana de 1962, donde un grupo de personas adineradas se reúne a cenar fastuosamente en una mansión. Es considerada una de las cien mejores películas de la historia por *The New York Times*. Veinte personas, un mayordomo, un oso, tres ove jas, comida a montones y un misterio enorme rodean aquella cena. Inquietante y genial, el maestro del surrealismo logra, una vez más, ponernos en una situación límite donde nada es lo que parece.

Otra película donde la comida aparece en medio de una conversación muy peculiar es *Pulp Fiction*, dirigida por Quentin Tarantino en 1994.

John Travolta y Samuel L. Jackson, en sus papeles de sicarios del crimen organizado de Los Ángeles, discuten sobre la diferencia entre dos hamburguesas aparentemente iguales servidas en dos países distintos: Francia y Estados Unidos. Una escena alucinante, con tintes filosóficos, que habla de las diferencias culturales, la banalidad del mal (minutos después sucede algo muy violento) y la búsqueda de la experiencia.

Permítanme terminar con un «juguete».

Ratatouille, estrenada en 2007 por Pixar, es una película de animación por computadora que hizo que muchos niños —y no pocos adultos— pusieran los ojos sobre la cocina.

Remy, una rata que vive en el ático de una casa, sueña con ser chef, inspirado por un libro titulado *Cualquiera puede cocinar*. Cuando su colonia es expulsada del ático por la dueña, Remy toma el camino equivocado por las alcantarillas y se separa de su familia... para acabar en el restaurante de Auguste Gusteau, autor del libro que lo inspira. Y suceden muchas, muchas cosas que no contaré, pero que están resueltas de manera muy inteligente.

Ingeniosa y entrañable, el nombre de la película alude a un plato tradicional de la cocina francesa hecha con jitomate, ajo, pimiento, cebolla, calabaza y berenjena, aromatizado con las llamadas hierbas provenzales (aunque en algunos lugares le ponen, literalmente, de su cosecha).

Mi madre hacía un «pisto» —que originalmente llevaba solo jitomate y pimiento—, al que le fue sumando ingredientes con los años, creando con ello una *ratatouille* muy mexicana.

Aquí termino, con un poco de nostalgia, después de dos años navegando entre fogones y mesas, amigos y sonrisas.

Y lo único que puedo añadir es: ¡gracias!

Y que haya buena mesa, buena experiencia y buen provecho.